中国历代通俗演义故事·农闲读本

多尔衮轶事

原著　古稀老人
编著　赵　彤
插图　姚博峰

吉林出版集团股份有限公司

图书在版编目(CIP)数据

多尔衮轶事／赵彤改编.—长春：吉林出版集团股份
有限公司，2008.11(2023.8 重印)
(中国历代通俗演义故事：农闲读本)
ISBN 978-7-80762-939-9

Ⅰ.多… Ⅱ.赵… Ⅲ.章回小说—中国—清代—缩
写本 Ⅳ.I242.4

中国版本图书馆 CIP 数据核字(2008)第 165843 号

DUOERGUN YISHI

书	名	多尔衮轶事
出版策划		崔文辉
责任编辑		刘 洋
出	版	吉林出版集团股份有限公司
		(长春市福址大路 5788 号,邮政编码:130118)
发	行	吉林出版集团译文图书经营有限公司
		(http://shop34896900.taobao.com)
制	作	猫头鹰工作室
电	话	总编办 0431-81629909 营销部 0431-81629880
印	刷	三河市金兆印刷装订有限公司
开	本	889×1194 毫米 1/32
印	张	6.25
字	数	102 千字
版	次	2008 年 11 月第 1 版
印	次	2023 年 8 月第 2 次印刷
标准书号		ISBN 978-7-80762-939-9
定	价	38.00 元

(如有印装质量问题请与出版社调换。联系电话:18533602666)

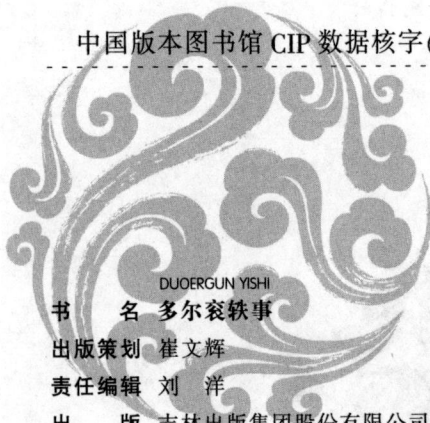

前　言

近年来，影视剧的热播让我们广大观众记住了一个神采飞扬的英雄豪杰。他的名字叫作爱新觉罗·多尔衮。在政治上，他是中国历史上少有的一位没有做过皇帝却完成了皇帝没有完成的事业的人物。在爱情上，他和大玉儿之间缠绵悱恻的爱情故事，一直被无数人引为佳话。

曾几何时，我们遗忘过他。只单纯地知道他在 1626 年与同父异母的哥哥皇太极争夺汗位失败。在 1643 年与皇太极的长子豪格争夺大清朝的帝位，因为种种原因再次失败，最后立年幼的福临为皇帝。

然而，随着时代的变迁和我们审视历史角度的变化，在岁月的缝隙里，我们再次发现了他。隔着历史的幽光，看到他委屈了自己，为了统一大业所做出的巨大贡献；我们看到一位终生驰骋在马上的英雄，最后孤单地摔落在无尽的苍茫原野；我们看到一位满怀着无限深情的男人，为了自己心爱的女人一再退让……

用现代的眼光回看多尔衮的一生，我们不得不承认，他在当时是一个具有现代眼光的先行者。他的很多举动，在当时不被人所理解，然而却深深撼动了我们的内心。尼采说："我是一个活在未来的人，我相信 100 年后会有人理解我，追随我。"我认为,这句话,同样适合于本书的主人公。

《多尔衮轶事》不是一本历史学的书籍,也许会有一些无从考证的资料。它也不是一本纯粹戏说的小说,毕竟编者是翻阅了许多相关的历史材料才写成的。我们试图用现代的眼光,为您呈现出一个有血有肉的英雄;用宽容的笔触,为您揭示一个复杂多变的多情内心;用平淡的语气,为您讲述一个久远的历史故事。

多尔衮的一生是传奇的一生,是英雄的一生。在他的一生中,始终充满着关于江山社稷的思考和为美人担忧心痛的焦虑。穿越时光的隧道,我们注视着多尔衮,感慨着这一步之遥却有千里之差的皇权,一步之遥而又天涯海角的爱情。现在,我们只能希望,泉下有知的多尔衮,终于结束了一生的奔忙,终于看穿了爱情,最终获得了安宁。

最后,我们真诚地希望,您能在闲暇时分,静下心来耐心读一读这本书,跟随我们的讲述去还原一个曾经热烈存在过的生命,我们相信,您会有不同的思考。

编　者

目录

第一章
5个年头看多尔衮
谜一样的一生

多少年来,爱新觉罗·多尔衮一直是一个备受争议的人物。特别是近些年来,当我们终于可以用现实的眼光、用人性的思维去看待历史人物的时候,集中在这个人物身上的复杂性和多面性得到了全面体现。

文学家们热衷于谈论他和孝庄皇太后之间的情爱关系。孝庄皇太后到底嫁没嫁给多尔衮呢?他们两个人是不是两小无猜、情投意合呢?顺治皇帝在多尔衮去世之后大发雷霆,究竟是不是因为得知了他与自己母亲的关系呢?这些问题像一个又一个谜,层出不穷,多尔衮与孝庄皇太后的关系,一时间成为清宫四大谜案之一。传说中的孝庄皇太后,长得非常漂亮,号称"满蒙第一美女"。而多尔衮呢,则号称"满洲第一俊男"。文学家们说他们两个人之间,从小相识,可谓是儿时的玩伴,也就是我们通常所说的青梅竹马。之后岁月流转,权力变更,孝庄皇太后虽然连续两次在皇权的更迭中都选择了不一样的男人,但是痴情的多尔衮却始终不离不弃地陪伴在他们母子身边,成就了一段千古佳话。

两小无猜：传说中的满蒙第一美女和满洲第一俊男

历史学家们潜心研究多尔衮在统一大业上所做出的巨大贡献，对这个骁勇善战的大英雄两次在争夺最高统治地位时的失利提出了重大疑问。根据历史记载，1626年，他与同父异母的哥哥皇太极争夺汗位失败。十七年以后，也就是1643年，他与皇太极的长子豪格争夺大清朝的帝位，因为种种原因再次失败，最后立年幼的福临为皇帝。让许多历史学家们百思不解的是，那么大本事的一个人，两次明明都非常有机会成功，无论从政治上还是军事上，多尔衮可以说都占据绝对优势，明明就应该他当大汗，就应该他当皇帝，但是两次机会都被他错过了，其间到底发生了什么事情？而这个非同凡响的英雄，在这么好的机会面前，到底在顾虑着什么？这一切的一切，均引人遐想。

而我们广大的老百姓一直想不明白的事情就是多尔衮和顺治皇帝福临之间的关系了。根据历史记载，清朝的男人以妻妾成群、子孙满堂为最大荣耀。多尔衮的父亲努尔哈赤，一生拥有十六个妻妾，一共给他生了十六个儿子和八个女儿；多尔衮一生曾有十个妻妾，虽然不多，但也不少，可是让我们弄不明白的是，十个妻妾只给他留下了一个女儿。在中国，特别是传统的古代中国，人们常说"不孝有三，无后为大"，拥有十个妻妾的多尔衮，居然没留下一个儿子，这铁一般的事实，不能不引起我们的联想。事实上，多尔衮非常喜欢顺治皇帝，达到了"视如已出"的程度，他用后半生辅佐福临,南征北战,立下赫赫战功。近年来越来越多的研究资料和民间传闻显示,多尔衮与福临之间似乎外形、性情、秉性都很相似,于是很多人不难猜测到多尔衮与孝庄皇太后之间的关系,因而觉得福临就是多尔衮的亲生儿子。然而,历史的结果却格外出人意料,在多尔衮死后仅仅不到两个月的时间内,他非常疼爱的侄子——顺治皇帝,下令将他削爵、撤庙号、罢谥号、黜宗室、籍财产入宫。也就是说免除了他生前的一切荣誉和地位,甚至剥夺了他的财产,更有甚者,民间还传说顺治皇帝下令将多尔衮的尸体暴露于光天化日之下,实行"鞭尸"之刑。这其中到底有多大的仇恨,又隐藏了多少不可告人的秘密呢?

现在,让我们按照年代来梳理一下多尔衮的一生吧。

爱新觉罗·多尔衮是大清朝创始人努尔哈赤的儿子。"爱新"是一个姓,它在满语里就是金的意思;"觉罗"就是姓的意思;"多尔衮"这个词是什么意思?它在满洲人的语言里专门指一种凶猛的动物,这种动物生长在寒冷的北方,叫熊。所以如果人们要问爱新觉罗·多尔衮加在一块儿翻译成我们现代汉语是什么意思?就是姓金,名熊。

我们需要记住的第一个年头——1612 年

多尔衮本人出生于万历四十年(1612),他是努尔哈赤的第十四个儿子,多尔衮的母亲名字叫作乌拉那拉·阿巴亥,在年龄上她比努尔哈赤小三十岁左右，是他最喜欢的一个妃子。乌拉那拉·阿巴亥与努尔哈赤的婚姻，是当时非常普遍也很流行的"政治婚姻"。在1601年，多尔衮的母亲所在的部落与努尔哈赤所在的建州女真部落发生了一场战争，结果努尔哈赤这个部落取胜，战败的部落为了求得生存，只好想出了"通过和亲，以求安稳"的办法。于是，乌拉部的贝勒，最后只能把自己的侄女许配给努尔哈赤为妻。就这样，尚且年幼的乌拉那拉·阿巴亥就嫁给了努尔哈赤。嫁给努尔哈赤以后她还挺争气，一连串给努尔哈赤生了三个儿子。多尔衮是她为努尔哈赤生的二儿子。多尔衮上面有一个哥哥叫阿济格，他的下面有一个弟弟叫多铎，多铎和多尔衮相差两岁，两个人的关系可谓是非常密切。

和多尔衮牵扯不清的孝庄皇太后则出生于万历四十一年(1613)三月二十八日，她和多尔衮两人年龄相差无几，非常容易引起人们的联想。孝庄皇太后本人是原来蒙古科尔沁部一个首领——贝勒塞桑的女儿。传说科尔沁部落，男人并不善战，但是出美女，努尔哈赤的第八个儿子，就是后来与多尔衮争夺皇帝位置的皇太极，他的福晋就是科尔沁部落的美女，是孝庄皇太后的姑姑(这之间的复杂关系，后文我们有详细讲述)。说回孝庄皇太后，她在1625年，也就是她12周岁的时候，嫁给了皇太极为妃，被封为侧福晋，也就是侧妃，只比她的姑姑低一个位置，可以说是小小年纪就得宠，并享尽荣华。

别看孝庄皇太后是一个小小女子,在历史上可是叱咤风云的人物。首先,在年龄和相貌上她就很占优势。她死于1688年,以75的高龄离开人世,她在世的时候辅佐三代帝王,被后人广为传诵。其次,她不仅长得很漂亮,还有文化,知书达礼。她嫁给皇太极为妃以后,曾经辅佐皇太极,辅佐皇太极的儿子顺治,也就是爱新觉罗·福临,还辅佐皇太极的孙子康熙,也就是爱新觉罗·玄烨,她前后辅佐了三代帝王。再次,就在她已经离开人世之后,她的称谓仍然如同坚挺的股票一般,一再地上涨,她的谥号也是一再变化。谥号的变化说明后来人对她的尊重和景仰日益加深,每每在她的称谓之前多加一个字一个词,就代表后来的帝王对她的尊重多一分。这种对她谥号追加的风气一直持续到乾隆年间。乾隆年间,孝庄皇太后的谥号是十九个字,为"孝庄仁宣诚宪恭懿至德纯徽翊天启圣文皇后",现在让我们念起来都觉得拗口。

我们需要记住的第二个年头——1620年

天命五年(1620)九月,多尔衮的父亲努尔哈赤宣布废黜大贝勒代善的太子名位,改立阿敏台吉、莽古尔泰台吉、皇太极、德格类、岳讬、济尔哈朗、阿济格阿哥、多铎、多尔衮为"和硕额真",命令几人共议国政。当年,多尔衮只有8岁,也就是说，从那时起，多尔衮以八龄幼童跻身于参与国政的和硕额真行列。

此事说来话长。历史学家认为，这一事件是一起改变后金政治格局的重大选择，也给后来的皇太极顺利即位埋下了历史伏笔。天命五年三月，努尔哈赤宣布休弃大福晋富察氏。

富察氏是努尔哈赤第二个大福晋，就是与努尔哈赤患难与共的妻子。时间来到1620年，富察氏已经是德高望重的人了，并给努尔哈赤生育了两个儿子。大儿子莽古尔泰是四大贝勒中的三贝勒，正蓝旗主；小儿子德格类是十固山执政贝勒之一。然而，她万万没有想到，忽然间变了天，一朝之间被努尔哈赤冠以四罪休弃。

根据历史记载，这四罪是：

1. 勾引大贝勒代善。

2. 私藏财物三包，金帛三百。

3. 私赐衣帛，未经允许赠给了努尔哈赤手下的两员大将的妻子，其中有给总兵官巴笃里之妻做朝服用的宝石蓝色倭缎、给参将蒙阿图之妻一件绸缎朝服。

4. 私赐财物于村民。

很显然，这里面后三罪根本不能成为休弃的正当理由。富察氏身为大福晋，收藏不算多的财物本没有什么。至于赏赐属下、周济村民，本是善举，表扬都来不及呢，何过之有？

问题的关键在于第一条罪，与大贝勒代善有暧昧关系，这深深地伤害了努尔哈赤。背离丈夫，与他人通奸，更可怕的是还与丈夫前妻之子通奸，任何有血性的男儿均不能容忍，更何况是横扫六合的天之骄子努尔哈赤！

努尔哈赤闻听此事，悲愤异常，好长时间没有任何反应。之后，他带着苦笑，竭力地掩藏内心的伤痛，说："吾以金珠饰汝全身，又以人所未见之美帛与汝穿，汝乃不念汗夫之恩养，蒙蔽吾眼，置吾于一边，而勾引他人，岂不可杀耶！"在我们的印象中，努尔哈赤骁勇善战，是一介武夫，但是这句话却说得句句都在理上。他的意思是说："我这么努力，给你最好的东西，无论是穿的还是戴的，别人从来没有见过的东西你全都有，可以说是享尽了荣华富贵。可是你一点都不念你我之间的情谊，一方面瞒着我，说谎话骗我，蒙蔽我的双眼，另一方面居然去勾引别人，穿着我送给你的衣服戴着我送给你的首饰去勾引我的亲儿子，你让我怎么能受得了？不杀了你难消我心头之气！"

男人嘛，经常容易"冲冠一怒为红颜"。其实他们和女人一样，只要一涉及自己的配偶问题，还是非常容易被嫉妒冲昏头脑。事后，努尔哈赤估计已感觉到自己的反应有些过分，他并没有杀掉富察氏，但是已经休了她。

富察氏被休弃之后，取代她作为大福晋的正是多尔衮的母亲阿巴亥。努尔哈赤爱屋及乌，多尔衮及其兄弟阿济格、多铎地位上升便在情理之中了。

此外,代善由于性格软弱、处处计较,和其他几个兄弟相比,沉稳有余,魄力不足,渐渐地,失去了父亲的欢心。特别是在发生了怀疑"被继母勾引"的重大乱伦事件之后,他在兄弟和臣子之间也慢慢地名誉扫地。就这样,身为新大福晋的儿子的多尔衮兄弟便第一次成为均衡力量的鼎足之一。

那一年,多尔衮只有 8 岁。他在阿巴亥所生的三个儿子中,年纪居中,上有比他懂事的哥哥,下有更加得宠的弟弟。按照老百姓的观点来看,这在中间的孩子理应是最不受重视的。但是,偏偏只有这个老二在平常的功课之中显示出了非凡的才智,样貌也生得英武不俗,可以说是"鹤立鸡群、聪颖异常",小小的年纪便显现出了非同凡响的英雄气质。再加上他的母亲应变能力极强,深得努尔哈赤欢心,地位逐渐提高,渐渐地不仅掌握了后宫,也开始渗透进努尔哈赤的权力中心。这一切的一切,对于多尔衮来说,简直就是"如虎添翼"。

就在 1620 年,年仅 8 岁的多尔衮,第一次知道了,政治和权力,是什么意思。

我们需要记住的第三个年头——1626 年

世事难料又变化无常,特别是政治。

多尔衮 14 岁那年,也就是 1626 年,他在短短两日之内,父母双亡。他还没来得及悲痛,就必须首先臣服于新汗,尽管这新汗是他的弑母夺位的仇人,不仅如此,他更要忍受阿敏、济尔哈朗等兄长们恶毒的眼光,在换旗后的大臣们蔑视而厌恶的神情下表现出恭敬、懂事的神态,以求得片刻的安稳。

就在那时,才14岁对世事刚刚有所知觉的多尔衮,一方面要察言观色,用自己的小小心思揣摩皇太极的心理,另一方面还要照顾自己的亲兄弟,向上安抚刚直鲁莽的哥哥阿济格,向下照顾年幼的弟弟多铎。偏偏这两个亲兄弟又不像他一般懂得进退和取舍,哥哥阿济格性情简单,说话、为人、处世都过于直接,常常得罪掌握权力的四大贝勒;而弟弟多铎就像一个随时都可以引爆的大炸弹,脾气非常冲,天天和人打架,只要听人说起自己刚刚殉葬的母亲,就像点着了火,非要跟人理论一番。其实多铎的反应都在情理之中,他那么小,人家的孩子像他这个年龄还赖在妈妈怀里撒娇呢,可他却要眼睁睁地看着父亲和母亲一起离开人世。于是,他容不得任何一个人说他妈妈不好,哪怕只是平常地说起,并无评价好坏之意,他都要上前去和人家打一架。

皇太极即位之后,虽然还没有明显地向多尔衮三兄弟开刀,但也通过三份效忠的誓词把他们的地位贬低很多,特别是皇太极在后来一系列加强皇权的行动中,更是多处压制他们的两白旗势力。想想看就知道了,连代善、阿敏和莽古尔泰三大贝勒都处处受到排挤,多尔衮兄弟又怎能幸免?可是,让我们感觉到非常吃惊的是,就是在这样的情况下,虽然多尔衮并不比多铎年长多少,但是处世却非常冷静。俗话说"自古英雄多磨难",在这样的情况下,多尔衮一天天成长起来。

终于,机会来了。天命十一年(1626)九月,35岁的皇太极即汗位。但是,登上汗位并不代表万事大吉。皇太极身边还有三个非常大的目标,那就是表面上看似乎在帮助他,实际上无时无刻不在监视他的三位兄弟。三人都手握重兵,三人都对皇太极那不太为人称道的做法心知肚明。

矛盾的形成和激化就如同火山一样,只有在地底下经过长时间地酝酿,才能积累出足够爆发的力量。在皇太极刚刚即位的时候,因为暂时的共同利益,皇太极与代善、阿敏和莽古尔泰三大贝勒曾经和平相处,做老四的在各方面都表现出尊重兄长的样子。可是随着时光的推移,加上现实中的一次又一次的摩擦和斗争,特别是二贝勒阿敏,自以为掌握了皇太极的秘密,处处要挟他,让他感到很不满。在不知不觉中,皇太极觉得以前亲密的三大贝勒,现在忽然间成了他的敌人。他们时常以汗兄自居,天天念叨着自己过去的战功,时常流露出藐视皇太极的意思。

皇太极知道,这种情况必须发生变化,多等一天就会多生出些事端。于是,他煞费苦心地琢磨着该怎么办。工于心计的他终于想到了一个好办法,若想削弱最威胁皇权的三大贝勒的权力,别看他是大汗,单凭他自己的实力仍然是不够的,还必须拉拢和扶植一些跟他无甚利害冲突的兄弟子侄,于是,他想到了多尔衮。

少年多尔衮在夹缝中求生存,开始显示出他善于韬晦的过人才智。他一方面紧跟皇太极,博取他的欢心和信任,而绝不显示自己的勃勃野心;另一方面则在战场上显示出超人的勇气和才智,不断建树新的战功。

天聪二年(1628)二月,多尔衮初次随皇太极出征蒙古察哈尔多罗特部,立下战功,皇太极赐予"墨尔根岱青"的称号,夸奖他有勇有谋,是难得一见的人才。同年三月,皇太极废黜了恃勇傲物的阿济格之旗主,以多尔衮继任固山贝勒,这时候,多尔衮刚满 16 岁。多尔衮少年得志,为他将来的进取开始奠定基础。多尔衮,从最初的一点也得不到皇太极的信任,到最后成为皇帝的左膀右臂,这一切的转变都来自多尔衮自身的努力。他的确非常勇敢,屡夺战功。同时,又胆大心细,聪明非常,让皇太极一点也感觉不到自己的权力被剥夺了。就这样,多尔衮成为皇太极非常信赖的可以用来抵抗三大贝勒的人。终于,努尔哈赤最优秀的两个儿子——四贝勒和十四贝勒走到了一起。

我们需要记住的第四个年头——1643 年

丧母之痛,丧位之痛,许多年来无时无刻不在啃咬着多尔衮的心。尽管多年来他一心一意地辅佐皇太极,为他骑上马,给他打江山,但是多尔衮的内心深处从来就没有忘记过自己的使命。他答应过哥哥弟弟,更答应过死去的母亲,一定要成为一个顶天立地的英雄,一定要把别人加在他身上的苦难统统顶回去。

安稳地坐在皇帝位置上的皇太极并没有料到,多尔衮正利用皇帝的信任,逐渐削弱昔日曾打击他与母亲之人的势力,等待时机,再重新掌握大权。

不久,这个时机终于来到了。崇德八年(1643)八月九日,皇太极"暴逝"于沈阳清宁宫。由于他和他的父亲一样,都是突然离开了人世,因此还没来得及对身后之事做任何安排,所以王公大臣在哀痛背后,正迅速酝酿一场激烈的皇位争夺战。

这时候,代善的两红旗势力已经遭到削弱。代善作为曾经的大贝勒,本人年过花甲,早已不问朝政。他的几个儿子中最有才干的岳托和萨哈廉却偏偏命薄,在很年轻的时候就已经离开人世,剩下的儿子硕托,代善也不喜欢。还有一个儿子叫作满达海,年纪太轻,初露头角,还没有什么发言权。代善的第三代,阿达礼和旗主罗洛浑虽然有点志气,不甘后人,但崇德年间却屡遭皇太极压制,渐渐地,也丧失了锐气。

由此看来,两红旗老的老,小的小,已丧失竞争优势。但以代善的资历、两个红旗的实力,其态度所向却能左右事态的发展。皇太极生前集权的种种努力和满族社会日益的封建化,自然也使皇太极长子豪格参加到竞争中来。从利害关系而论,两黄旗大臣都希望由皇子继位,以继续保持两旗的优越地位。他们认为,豪格军功多,才能较高,天聪六年已晋升为和硕贝勒,崇德元年晋肃亲王,掌户部事,与几位叔辈平起平坐。皇太极在世时,为加强中央集权,大大削弱了各旗的势力,又把正蓝旗夺到自己手中,合三旗的实力远远强于其他旗。因此,这三旗的代表人物必然要拥戴豪格继位。

另一个竞争者可想而知,就是本书的主人公——多尔衮了。他的文武才能自不必说,身后两白旗和勇猛善战的两个兄弟更是坚强的后盾,而且,正红旗、正蓝旗和正黄旗中也有部分宗室暗中支持他,就更使他如虎添翼。加上这许多年来,多尔衮一直辅佐皇太极,兄弟情深,互相欣赏,虽然传闻很多,却都被两兄弟一笑置之。多尔衮可以说是战功累累,声名显赫。

平心而论,皇太极遗留下的皇帝空位,只有三个人具备继承的资格:代善、豪格、多尔衮。但实际上竞争最激烈的是后两人。就这两人来说,豪格居长子地位,实力略强,这不仅因为他据有三旗,而且由于代善和济尔哈朗已经感到多尔衮的咄咄逼人,从而准备投豪格的票了。

果然,皇太极死后不久,双方就开始积极活动,进而由幕后转为公开。

两黄旗大臣图尔格、索尼、图赖、锡翰等坚决主张立豪格为皇帝,他们密谋了很长时间,并找到济尔哈朗,谋求他的支持,而两白旗的阿济格和多铎也找到多尔衮,表示坚决支持他即位,并告诉他不用害怕两黄旗大臣。双方活动频繁,气氛日益紧张。最紧张的时候,首先提出立豪格的图尔格下令,命令他的亲兵每天每夜都必须处于战备的状态,弓上弦、刀出鞘,严格地护住家门,以防万一。

同一年的八月十四日,诸王大臣在崇政殿集会,讨论皇位继承问题。这个问题能否和平解决,直接关系到八旗的安危和清王朝的未来。两黄旗大臣已经迫不及待,他们一面派人包围了崇政殿,一面手扶剑柄,闯入大殿,率先倡言立皇子,但被多尔衮以不合规矩喝退。

就在这个时候,阿济格和多铎接着出来劝多尔衮即位,但多尔衮观察形势,没有立即答应。多铎转而又提代善为候选人,代善则以"年老体衰"为由坚决拒绝了这个提议。代善年龄这么大了,见到的帝王家事也是最多的,多年的磨炼让他非常圆滑也非常世故。在坚决拒绝了当皇帝之后,他转而提出让多尔衮称帝,被多尔衮拒绝了之后,代善又提出拥立豪格。总而言之,他的意见模棱两可,他的态度也左右摇摆。

耐不住的豪格见自己不能顺利被通过，便以退席相威胁。两黄旗大臣也纷纷离座，按剑向前，表示："如若不立皇帝之子，我们宁可死，从先帝于地下！"代善看着眼前的形势像是要火拼，连忙退出，阿济格也随他而去。

多尔衮是何等人才，心里仿佛藏了一面镜子。看见这样的情形，他忽然清楚地意识到，立自己为帝已不可能，而谁能抢占先机，谁就能占据优势。多尔衮迅速提出他的意见，主张立皇太极幼子福临为帝，他自己和济尔哈朗为左右辅政，待其年长后归政。

这一建议，无疑大出众人所料。当然，民间对此有不同的说法，我们后文再详细说。立了皇子，两黄旗大臣的嘴就被堵上了，豪格心中不快，却又说不出口。多尔衮以退为进，自己让了一步，但作为辅政王，也是实际掌权者。济尔哈朗没想到自己也沾了光，当然不会反对。代善只求大局安稳，本无争位之念，对此方案也不表示异议。这样，这个妥协方案就为各方所接受了，但由此而形成的新的政治格局却对今后数年乃至数十年的政局起着巨大影响。就这样，多尔衮妥善地处理了十分棘手的皇位争夺问题，自己也向权力的顶峰迈进了一步。随后，统治集团处理了反对这种新格局的艾度礼、硕讬、阿达礼、豪格及其下属，稳固了统治。多尔衮的这一方案，在客观上避免了八旗内乱，保存了实力，避免了上层统治集团的分裂。

我们需要记住的第五个年头——1650 年

这一年,多尔衮 39 岁,正当壮年,却撒手人寰。在他生前,一直尽心竭力地辅佐顺治皇帝,也许是由于对孝庄皇太后那份难以言表的深藏多年的爱,也许是因为他真的是一个有责任感有担当的清朝贵族。他心里一直念念不忘的是,完成父辈们的心愿,让这个靠征战靠流血牺牲换来的帝国政权如江河一般稳固。我相信这个热血男人,即使是在生命的弥留之际,依然是努力地完成着自己的职责。

多少年来,无论是历史书籍的记载还是民间流传的故事,关于多尔衮的私生活传说纷纭,他仿佛被描绘成了一个好色之徒。其中比较有力的理由之一是豪格死了之后,他马上将豪格之妻霸为福晋。老百姓们说,不管怎么说,豪格论辈分是多尔衮的侄子,而且尸骨未寒,他连自己的侄妻都要霸占,难道不是非常好色极度无耻吗? 乍一看呢,似乎是这么回事,仔细想来,却有很多漏洞和可以被谅解的地方。论辈分呢,多尔衮的确是豪格的叔叔,但实际年龄比豪格还要小三岁,豪格的大福晋想必和多尔衮年龄正好相当。论样貌呢,理由就更不充分了。先不说历史上并没有记载豪格的妻子是多么出色的一个美女,值得俊逸非凡的多尔衮霸占。单说在古代,豪格的妻子到她那个岁数,已经算是人老珠黄了,姿色体态也都不再值得多尔衮霸占了。所以,可以猜测到的

17

是,多尔衮强占豪格的大福晋,应当主要还是出于政治报复的目的,和好色无耻恐怕扯不上什么关系。

当然,除了这个原因之外,说多尔衮私生活放荡、沉溺女色的主要原因还是和庄妃有关。说起这个来,也许要牵出一个埋藏了多年的让我们现代人都非常感动的爱情故事。历史学家们始终在讨论两个人的关系,究竟是青梅竹马、两小无猜的兄妹?还是彼此欣赏、共同打江山的战友?或者是偷偷摸摸、苟且在一起的情人?众说纷纭,其实谁也说服不了谁。

隔了这么多年的光景,回头去看,我宁愿相信,多尔衮对庄妃,是有爱情的。他一直爱着她,用他的一生。同样,为了爱,他也一直在压抑着自己的占有欲,一直在远离她。如果多尔衮真的如一些人所说,是一个好色之徒,我们的历史和他的内心,也许反而会轻松很多。至少,这个在马背上打天下的男人,不会为了一个女人而放弃无限的大好江山。

关于这段故事,后文将有重点篇章叙述。让我们还是说回1650年。顺治皇帝在多尔衮的辅佐下,江山日益稳固,而他的年龄和阅历也在逐步增长,渐渐地,可以摆脱多尔衮的控制了。一个人有了独立的意识,特别是一个皇帝,有了自己的想法之后,自然就会产生新的欲望。说白了就是"说了算"的欲望。其实很长时间以来,顺治皇帝对多尔衮的独断专行就已经开始不满了,但是碍于多尔衮手中掌握重权,他只能是敢怒不敢言。

1650年，年仅39岁的多尔衮病死了，14岁的顺治皇帝顺理成章地开始执政。第二年，他下令没收多尔衮的财产，免去他的爵位，把依附他的王公大臣全部贬职、革职或者处死。随后，顺治皇帝又将多尔衮掌握的正白旗收归自己名下。从此，正黄旗、镶黄旗、正白旗都由皇帝自己管辖，称为上三旗。清朝的皇权也一步步地加强起来了。

顺治皇帝对辅佐了他那么多时日的多尔衮采取了极端的报复手段。他先是下令毁掉了多尔衮生前修建的华丽的陵墓，然后把他的尸体挖出来，用棍子打，又用鞭子抽，无所不用其极，最后居然残忍地下令砍掉多尔衮尸体上的脑袋，然后暴尸于街头示众，让所有百姓都能看见，这个他们心目中的大英雄，是如何死无全尸。之后，顺治皇帝一把火，把多尔衮那华丽的陵墓化为尘土。这已经不是一般的仇恨了，简直就是报复！而且是赤裸裸的报复！让我们试着想一下，当时的顺治皇帝，不过十三四岁，他能登上皇帝的宝座，要拜多尔衮所赐；他能坐稳江山，也要依仗多尔衮的帮助，可以说，他的一切，都要依靠生前的多尔衮。然而，他非但没有感激多尔衮，反而内心充满了仇恨。仇恨，究竟是一种什么样的力量？小小的顺治皇帝，当时是怎么想的？

多尔衮是想当皇帝的，暂时没当皇帝只是策略而已，这对小皇帝是个寝食不安的威胁。我想，顺治皇帝在下令砍掉多尔衮尸体上的头颅之前，脑海中一定浮现出了很多画面。他一定记得，在顺治五年的十一月，多尔衮凭借着自己的权力，加皇叔父摄政王为皇父摄政王，用皇帝的口气批文降旨。他一定时时刻刻都在紧张着，一旦时机成熟，多尔衮就会亲自登上皇帝宝座，而他，则会成为真正的阶下囚，他劝说过自己，安慰过自己，只是所有的劝说和安慰都无济于事，顺治皇帝没有任何理由排除这种可能，这种他会被多尔衮撵下帝王宝座然后丧命的可能。

逮杀豪格后强占他的妻子，是多尔衮引起福临愤怒的一个焦点。顺治元年四月，以往支持豪格的正黄旗头子何洛会，向多尔衮告发豪格图谋不轨，说豪格后悔当初在继位大事上有失谋算。其中有一句侵犯多尔衮的话："我豪格恨不得扯撕他们的脖子。"多尔衮以"诸将请杀虎口王（豪格）"为理由，企图谋杀豪格，由于他的同胞弟弟顺治小皇帝哭泣不食，才得以免死。这件事情，给顺治留下了非常不好的印象。

娶皇嫂，是福临痛恨多尔衮的难言之隐。孝庄皇太后可是皇太极的妃子、顺治皇帝的生母啊，他说娶就娶了，根本不把顺治皇帝放在眼里，这口气，做儿子的、做皇帝的，怎能咽下？是的，顺治皇帝以残忍的方式对待多尔衮，是有着各种各样的理由的。从一个普通人的视角去考虑，一切无可厚非。但是，以一个帝王的身份去衡量，未免太不明智。毕竟，我们的主人公多尔衮，生前是顺治的恩人，我想，就算他再有勇有谋,也不会料想到在他死后能遭受到如此不公正的待遇吧!

夕阳西下,一个人的一生,就这样,在 5 个年头的更迭中,过去了。

真的过去了吗?或者,读完此书,你会有不一样的感受。

第二章

悲喜交织的童年

　　明朝万历四十年（1612）十月二十五日，多尔衮降生在赫图阿拉，是清太祖努尔哈赤的第十四个儿子。多尔衮的生母叫作阿巴亥，姓乌拉那拉氏。阿巴亥是女真乌拉部首领满泰的女儿，布占泰的侄女，生于明朝万历十八年（1590）。

　　说起阿巴亥与努尔哈赤的姻缘，还真是极富戏剧性。明朝末年，东北地区女真各部先后崛起，互相谁也不服气谁，经常为了争夺势力范围而打仗。海西女真的乌拉部地广人众、兵强马壮，势力尤为强大，与努尔哈赤势不两立。在万历二十一年（1593）的时候，叶赫、乌拉等九部联合进攻建州，凭借着3万之众妄图攻打努尔哈赤的根据地——赫图阿拉，企图把刚刚兴起的建州扼杀在摇篮之中。结果没想到，被英勇善战的努尔哈赤打得大败，九部皆元气大伤。乌拉部的首领布占泰被俘，三年后才被释放。就因为这一仗，布占泰尝到了努尔哈赤的厉害，从此不敢再与建州作对。

　　万历二十九年（1601）十一月，努尔哈赤毫不费力地灭了哈达部。军事上有个术语叫唇亡齿寒,哈达部的灭亡,使布占泰心惊肉跳。他深知努尔哈赤雄心勃勃,早有吞并各部的野心,为保住乌拉部落,他决定将兄长满泰那刚 12 岁的女儿阿巴亥嫁给努尔哈赤为妻。通过和亲的方式保住部落其他人的性命。

阿巴亥不仅长得漂亮,身段优美,而且是部落中少有的非常聪明伶俐的女孩。她生有一双又黑又大的眼睛,里面总像是藏着很多心事。动荡的年代,女孩子的前途和性命是自己无法掌控的。特别是漂亮又聪明的女孩子,往往会成为政治的牺牲品。问题在于,如果真的能够通过通婚的方式保住一个部落老老小小的性命,多尔衮的母亲阿巴亥是非常愿意的。

于是,明朝万历二十九年(1601)十一月,布占泰亲自送阿巴亥到建州,与努尔哈赤成婚。当时的努尔哈赤已经 43 岁了,在阿巴亥之前,已经有了六七位妻妾。这位来自乌拉部的稚嫩女孩,摆在她面前的问题是:既要博得汗夫努尔哈赤的欢心,又要周旋于他那众多的妻妾之间,难度可想而知。然而,多尔衮的母亲阿巴亥是一位非同一般的少女,不仅外表仪态万方、楚楚动人,而且小小年纪就有丰富的内涵,天性颖悟、礼数周到。43 岁的努尔哈赤对这位善解人意的妃子,爱如珍宝。

两年后,大妃富察氏因被人陷害,身背四条莫须有的罪名(前文已经讲述)离开了人世。努尔哈赤因为十分喜爱聪明的阿巴亥,立她为大妃,那一年,她才仅仅14岁。在这里,为了后文的讲述需要,我们必须要提到皇太极的生母孟古姐姐叶赫那拉氏,尽管她年轻貌美、丰姿妍丽,但当比她年轻15岁、更为丰姿绰约、俏丽聪颖的阿巴亥来到努尔哈赤的身边的时候,努尔哈赤出于喜新厌旧的天性,将更多的爱倾注到了阿巴亥身上,这就必然冷落了孟古姐姐。醋意、孤独、嫉恨交织在一起,使性格内向的孟古姐姐忧郁寡欢,竟至积虑成病,两年后撒手人寰,芳龄仅29岁。这件事一直埋藏在皇太极心里,让他很不愉快,深恨多尔衮的母亲阿巴亥。

在那之后,万历三十三年(1605)七月十五日,阿巴亥为努尔哈赤生下了阿济格,万历四十年(1612)十月二十五日,阿巴亥生下了多尔衮,万历四十二年(1614)二月二十四日,阿巴亥又生下了多铎。阿巴亥生的这三个儿子,努尔哈赤都非常喜欢,视若珍宝,将作为后金根本的八旗军队中的三旗交给他们分别掌管。

在阿巴亥的三个儿子中,第二个儿子多尔衮是最为出色的,也是最受努尔哈赤宠爱的。他小小年纪就已经显示出了非凡的才华,和他的父亲一样,他是一个天生的武士,很小的时候就热爱骑射,并且比一般孩子都更加身手敏捷。他的哥哥性格木讷、软弱,他的弟弟则行为鲁莽、思维简单,不够精明。而他聪明又勇敢,可谓出类拔萃,鹤立鸡群。

然而,就在多尔衮8岁那年,原本平静、富贵、快乐的童年生活被一件天外飞来的横祸打破了。

"搜罗天下美女,广泛占为己有"是中国古代历代帝王共同的爱好和特权,这些掌握了天下最大权力的男人们欲占尽天下宝藏,也欲占尽天下美色。多尔衮的父亲努尔哈赤一生娶了 16 个女人。这些女人,在努尔哈赤 18 岁至 62 岁之间先后走进了他的生活。帝王的爱情生活,是很多人乐于研究和争相讨论的,可是,在象征着荣华富贵的宫殿里,其实皇帝的内心也很寂寞。他们作为男人,同样有对于爱情的需要。然而,那个时候的婚姻,大多以外交和繁衍为目的,是政治的需要,也是怀柔和扩张的结果。外交需要势力,女人便成了部落与部落联盟的纽带;扩张需要人口,于是皇帝只能让他的女人不停地生育孩子,以满足对军队将领的补充需要。战争是人口与人口的较量,增加子嗣,使战争的消耗得到相应的补充,当然需要女人。

多尔衮的父亲努尔哈赤就是这样的男人,他不停地娶妻生子,身边聚拢着许多个来自各个部落的首领的女儿,她们几乎每个都是个性十足的女人,于是,产生麻烦是必然的。说来说去,后宫其实就这么点事儿,女人之间的麻烦大都由于她们的相互攻讦,为什么要相互攻讦呢?因为只有一个丈夫,却有这么多妃子,都想比一比,谁更受宠。邀宠的心理是自然的,因为每个人都会嫉妒,都会希望自己是努尔哈赤最在意的人。

多尔衮的母亲阿巴亥 14 岁就做了大妃,在生育了三个儿子之后,更是深得努尔哈赤的喜爱。"木秀于林,风必摧之。"

建州霸王:多尔衮的父亲努尔哈赤

侧妃代音察对阿巴亥恨之入骨。她对阿巴亥的行动进行盯梢，一发现蛛丝马迹，便添油加醋到处散播，搅起满城风雨，阿巴亥当时处于时刻被严密监视之中。

天命五年(1620)三月二十五日，代音察偷偷地向努尔哈赤告状，她添油加醋地说："大福晋好像跟大贝勒的关系不太正常，反正我觉得阿巴亥好像特别喜欢大贝勒。我就亲眼见到两次，阿巴亥准备了丰富的佳肴，偷偷摸摸地派人去送给大贝勒代善。听说大贝勒也十分感动，几乎是含着热泪吃完的。我本来以为这不算什么大事，不过是亲人之间的一种问候。但不一样的是，还有一次，阿巴亥也是准备了好吃的，派人送给四贝勒皇太极，四贝勒就只是接受了，但是可没见他吃，也没见他那么激动。另外，我亲眼所见，大福晋阿巴亥曾有一次就在一天当中，曾多次派人到大贝勒家去。这还算不得什么，前几天，我居然看到大福晋在深夜时离开大贝勒的院子，这关系可就不那么正常了吧？"

听了这些话，努尔哈赤怒火中烧，连忙派人前去调查。调查人回报确有其事。他们还说："我们看到每逢贝勒大臣在参加宴会或会议之时，大福晋都用金银珠宝来修饰打扮，望着大贝勒走来走去。这事除大汗以外众贝勒都发现了，感到实在不成体统，想如实对大汗说，又害怕大贝勒、大福晋。所以就谁也没说。这些情况现在只好向您如实报告。"

努尔哈赤听了汇报后，也是连续几个夜晚辗转反侧。他心里其实是清楚的，他认为大儿子代善和妻子阿巴亥之间并没发生什么大不了的事,但就是因为男人的私心和他对阿巴亥的偏爱,在感情上总是没有办法接受。努尔哈赤曾经想要严厉处置这件事,但是当事人又构不成什么罪,再说家丑外扬也有失体统。努尔哈赤深知此事如此沸沸扬扬,背后肯定藏着什么政治目的,因而只好作罢。

然而,后宫的斗争是永远不会结束的。树欲静,而风不止。福晋中又有一人举报阿巴亥私藏财物。于是,努尔哈赤便以此为由,给她定了罪。

努尔哈赤下令的那天,阿巴亥正和儿子多尔衮和多铎在院子里玩耍呢。多尔衮注意到父亲这次派来找母亲的人,神色凝重,眉眼之间隐隐有杀气,小小年纪的多尔衮凭直觉已经意识到事态的严重性。他用力抓着母亲的手,说:"您不要去!要去的话我陪您去!"阿巴亥回头看了看二儿子多尔衮,他黑亮的眼睛里有着一抹超乎他这个年纪的敏感和执拗。身为君主的女人,自己是根本做不了主的。其实阿巴亥也感觉到了事情的严重性,然而又能怎么办呢?作为母亲,她当然不想让儿子担心,于是她只能忍着自己的伤心,轻柔地摸着多尔衮的头,说:"孩子,别担心。我去去就回来。多尔衮,你是哥哥,要照顾弟弟哟!"

阿巴亥离开之后,多尔衮的心一直突突地跳着,弟弟多铎却浑然不知发生了什么事情,只顾开心地在院子里疯跑。多尔衮越想越不对劲儿,拉着弟弟的手,说:"咱们去偷偷看看吧,听听他们都说什么。"弟弟正玩得开心,攥着一把泥土说："你要去你去，我可不去，我正玩着呢。再说，你要是让阿玛看见了，非得治你的罪！"多铎说完后，自己又去玩了。可是细心的多尔衮就是不放心，他偷偷地来到前庭，躲在一个角落里，借着窗户开的缝，仔细地辨别里面的声音。

话说阿巴亥来到努尔哈赤面前，看到这满屋子的官员和武士，心里已经知晓了一半。在那个时代，君主一句话，胜过万千法律。但是她暗暗下了决心，无论别人怎么攻击她，她就算是为了孩子，也一定要保留住最后的尊严和自己的清白。

努尔哈赤看到阿巴亥，其实是不忍心的，但是帝王就是帝王，做了决定一定要执行，否则他的尊严该如何维护呢？

"阿巴亥，你知罪吗？"

"回大汗，妾身不知何罪之有。望大汗明示。"阿巴亥立于前庭的中央，挺直了脊梁。

"你身为大福晋，却虚伪狡诈、盗窃成性，可以说是坏事做全。我用金子、珠宝尽情地打扮你，但你却忘恩负义，岂不该杀？"

在门口偷听的多尔衮听到"该杀"两个字，不由自主地打了个寒战。

"回大汗，妾身心如明镜，一心为大汗着想，自认为并无不妥之处。但是大汗既然怪罪下来，自有您的理由。事到如今，妾身无话可说，但求一事。"阿巴亥没有哭没有闹，甚至连辩解都没有。12岁就嫁给努尔哈赤的她，太了解大汗的性格了。他喜欢掌握绝对的权威,只要他决定了的事情,没有人可以改变。阿巴亥超乎寻常的冷静让在场所有人都感觉到非常吃惊。就连门外的多尔衮,在听到母亲说这番话之后,也抑制住了眼睛里的泪。

"说吧,念在过去的情谊上,你有什么要求尽管直说。"努尔哈赤强忍着内心深处对阿巴亥的佩服,轻声说道。他几乎不敢看阿巴亥的眼睛,怕这样一看就下不了决心了。

"大汗,您完全可以杀了我,您夺我的性命易如反掌,作为大汗的女人,我也心甘情愿为大汗去死。但是,我不仅是大汗的女人,也是四个孩子的额娘。这四个孩子,都是大汗的亲骨肉,特别是多尔衮,他那么出色,将来一定会成为一个有用的人才,辅佐大汗夺取天下。正是因为考虑到这一点,阿巴亥斗胆向大汗请求,让我能继续照顾您那爱如心肝的三子一女。大汗可以没有阿巴亥,我相信会有新的比阿巴亥更好的女人来照顾大汗,但是孩子们,却不能没有额娘。他们年龄太小了,多铎才6岁,孩子们一定不能接受我突然离开的现实。恳请大汗看在孩子们的面子上,留我一条性命。如果大汗能够答应我的请求,我一定带着孩子们远离大福晋的庭院,只求安稳地生活。"

阿巴亥边说边流泪,但是是无声的。这个女人,用她的理智和清醒,维护住了她最后的尊严。门外,8岁的多尔衮,他的心疼得厉害,仿佛被击打碎了。他觉得他被父亲被整个世界都抛弃了,现在唯一要他的,就是那个在死亡边缘竭力挣扎的母亲。第一次,母亲的形象在他心里高大起来。多尔衮紧紧地咬着下唇,浑身颤抖着。他下定了决心,等有朝一日长大了,一定要成为一个有能力保护母亲的英雄,再也不让母亲遭受到这样的屈辱。

"你就只有这样一个要求吗?按理说,你品行不端,难以做一个好额娘。但是,孩子们的确还小,我也不放心交给别人照顾,所以看在孩子们的面子上,我决定不杀你了,给你一个机会,好好反省自己,一定要认真照看孩子们,以求赎罪吧!但是,我坚决不同你这个女人共同生活了,你即日起离开大福晋的庭院吧!休!"

"谢大汗!"阿巴亥咬紧牙关,说出了这三个字,泪水,再也抑制不住地汹涌而出。努尔哈赤几乎就在这一瞬间后悔了。这个美丽聪慧的妻子,这个从来不说人是非总是把别人往好处想的女人,就因为他的一时怒气,离开了他。奇怪的是,努尔哈赤的内心,并没有感觉到休了阿巴亥之后的轻松和快乐,反而被一股惨淡的乌云所笼罩了。在情感上,他觉得是阿巴亥离开了他,抛弃了他,并且带着他最喜爱的多尔衮。

这就是多尔衮童年时代给他影响最为深刻的一件事情,几乎改变了他对男人对女人对感情的看法。汗父努尔哈赤的残忍无情和母亲阿巴亥的懂事明理,给他留下了深刻的印象。以至于等到他成年之后,依然无法抚平心中的创伤。从那一天起,他对男人,特别是手中掌握着生杀大权的男人充满了愤恨。从那一天起,他依赖母亲、信任女人,渴望所有善良的女人的爱护。母亲,成了他生命中唯一的神。也就是从那一天起,他仿佛忽然间就长大了。年仅 8 岁的他眉宇间开始有了坚定的神色,他更努力读书了,他更认真习武了,阿巴亥把所有希望都寄托在了多尔衮身上。但是,做母亲的万万没有想到,她竭力维护的努尔哈赤的尊严和善良,已经在多尔衮心里彻底打碎了。她这个最优秀的二儿子,其实什么都知道了。但是,他依然什么都没说,只是伴随在母亲左右,不离不弃。

就这样,那天之后,与努尔哈赤共同生活了近 20 年,一直受宠不衰的阿巴亥黯然离去,独自一人带着 15 岁的阿济格、8 岁的多尔衮、6 岁的多铎开始了沉默而凄凉的生活。

遭惩处被休弃对阿巴亥而言是一个重大打击,也让年少的多尔衮第一次尝到了被冷落的滋味。但是,努尔哈赤的内心深处对阿巴亥的感情和牵挂仍在,阿巴亥对此也是充满信心的。所以,在那些艰难的日子里,每当多铎问起"阿玛在哪里?怎么不来看我?"等问题的时候,阿巴亥总是微笑着回答说:"阿玛很忙,打完了仗就来看我们了。"令阿巴亥感觉到很奇怪的是,比多铎大不了几岁的多尔衮似乎对这样的问题丝毫不感兴趣,自从她被打入冷宫后,懂事的多尔衮仿佛完全忘记了努尔哈赤,也再不寻找以前那个教他骑马射箭的人了。

殊不知,多尔衮已经知道了一切,并且在瞬间就成熟了。

努尔哈赤自从离开了阿巴亥,内心也是忧虑重重,难以快乐。他只好将全部心思都放在了战场上。他非常想赢得胜利,寄希望于通过作为君主的胜利来掩盖他内心深处的孤独。

在阿巴亥被打入冷宫之前,也就是万历四十七年(1619)二月,努尔哈赤带领后金打了一场非常漂亮的仗。那时,努尔哈赤在萨尔浒(今辽宁抚顺东大伙房水库边)附近与明朝进行了决定后金命运的一次决战。大明朝为保持它在辽东的统治,调集大军十万人,号称四十六万,以杨镐为辽东经略,分兵四路进攻赫图阿拉,企图一举消灭后金。努尔哈赤采取了正确的对策,集中八旗兵力六万余人,连续浴血奋战了五日,终于击败了明将杜松、马林、刘廷三路大军,杨镐闻知三路兵败,急令第四路李如柏撤兵,狼狈逃回。就是因为那一战,后金大获全胜,从而使辽东局势发生了最根本的变化,努尔哈赤由防御转入全面进攻。随后接连攻占了开原、铁岭,以及辽东重镇沈阳和辽阳。

天命六年(1621)三月二十一日,努尔哈赤进入刚刚攻克的辽阳城,就下达了"遣人往迎众妇人及诸子来城居住"的谕令。这样的举家大迁徙,为努尔哈赤日后定都辽阳埋下了伏笔。告别赫图阿拉老城的热土,顺着苏子河的流向,走出重重大山的众福晋和诸幼子们,带着既向往又忐忑的心情,一路上车马奔驰,该颠荡出多少悲欢故事和苦乐人生的滋味?辽阳,这一座男人们用马鞭、箭镞和生命占领的城市,他们将在这里开创一个崭新的时代。

眨眼间十几天过去了,迁徙的队伍离目的地越来越近。四月初三,努尔哈赤又根据建制每两旗出五牛录,每两牛录出士兵一人,组成一支精干的队伍,前去迎接众福晋。他们的任务是保驾护航,当然,更是壮大声威。四月初五深夜,马蹄声和脚步声吵醒了沉睡的古城。总兵官以上的诸大臣立即骑马赶到城外教场,在那里他们下马步行,向风尘仆仆的众福晋们施行大礼,恭恭敬敬地引导迁徙的队伍入城。城内,军士们沿街列队,欢呼祝福。自城内至努尔哈赤的寝宫,一色的白席铺地,上铺红毡,排场很大。无数的灯笼点缀在丛丛篝火之中,整个夜空通红一片。众福晋们移动着木底旗鞋,一步步地向汗夫走来……躲在远处窥视的汉人,眨闪着惊讶的眼睛。他们不知道这些珠光宝气的大脚女人有着如何的活法。

众福晋顺利地到达了辽阳,但是,有两位官员却因为其间的过失遭到了革职。它给我们平淡的故事增添了一段跌宕的情节,讲述出来还是蛮有意味的。

阿胡图是大汗最早派出迎接福晋们的官员之一。他的任务很简单也很明确,就是宰杀自家的猪用以祭祀。这种仪式本来是走个过场而已,用不着那么铺张。可是败家的阿胡图把自家的猪尽宰之后,又大散银钱,四处购猪,一日宰祭二三十头。胡作非为的后果当然是自己倒霉。

如果说阿胡图的倒霉是咎由自取,那么布三的厄运就多少有些委屈。那日,众大臣引领众福晋自萨尔浒启程,由日出至日落,时间在奔波劳顿中流逝。当队伍行进到十里河时,夜幕已经降临,众臣商议准备就此住宿,疲惫不堪的众福晋也欣然允许。谁知,半路杀出个程咬金,他们与执行其他任务的布三不期而遇。这个不知天高地厚的布三力排众议:此地至辽阳顷刻可至,何必非要住下呢?并且逼迫大家起身前行。于是,这支重又上路的队伍直至深夜才到达辽阳城。事后,努尔哈赤命人对布三进行审问。布三的用意也许不会怎么恶毒,可是上司一口咬定他有过失。直率的布三承认事情属实,但拒不认错。

在众福晋到达辽阳的第三天,阿胡图和布三各自在征战中挣来的参将职务被一撸到底,降为白身,并且所得赏物被尽数没收。

努尔哈赤占领辽阳之后,立即做出的另一个重要举措,是召回离异了一年的阿巴亥,将其复立为大妃。

实则,每打赢一场胜仗,努尔哈赤就越发在心里多惦记多尔衮母子一分。这思念,仿佛那蒙古草原上燎原的星火,随着时间的推移是越发的难以抑制了。终于有一天,多铎正缠着多尔衮玩,多尔衮正在思考如何使自己迅速长大的时候,一纸诏书,再次从天而降,他们的母亲阿巴亥在遭休弃不足一年后,又被复立了大妃之位。多铎听说能回到原来住的宫殿里,欣喜若狂,几乎是跳着把这个消息告诉了母亲。而多尔衮则仍旧是深锁着眉头,这个8岁多的孩子,一时间还难以接受如此重大的变化。我们看到,即使是在被冤枉被抛弃时也没有放声哭泣的阿巴亥,这个时候终于控制不住多日来的隐痛,把头埋在胸前,放声大哭了起来。

这件事发展到这个阶段,已经可充分证明努尔哈赤对阿巴亥确实情有独钟。皇帝身边被赶走的女人太多了,不论她们此前多么高贵,一经出宫,能有几个获得回头的机会?刚愎自用的努尔哈赤能把"复婚"的决定做得这样果断必有深刻的原因。那时,已经63岁的努尔哈赤对女人已经难以动心,阿巴亥之所以能浮出政坛,是因为她的重要,她持家理政、相夫教子的能力出类拔萃。

我们可以尝试着去想,每当努尔哈赤想到哪个女人更适合做他的大福晋的时候,相信众福晋的身影都曾不止一次地在努尔哈赤的脑海里一一掠过。秀美、端庄、勤劳、诚实、俭朴、坚毅都是她们为妻的美德,就连她们的刁钻、自私、懒散、乖张也可以容忍;她们都有对权力的渴望,并为此而不停地做着不可告人的手脚,但是,这群几乎什么都具备的女人,就是缺少一种政治上的豁达、缜密、远见以及独裁。后金进入辽沈,雄心壮志的努尔哈赤将有更大的动作,现在身边的这些女人难担重任啊!

让努尔哈赤念念不忘反复琢磨的,想必就是阿巴亥在得知自己被废的那一刻,所表现出来的沉着和冷静。即使是命在旦夕的千钧一发之际,这个女人的一举一动都显示出了大家风范。她一方面顾及到了努尔哈赤那无上的威严,另一方面又给了努尔哈赤台阶下，"照顾年幼的孩子，孩子不能离开母亲"这个理由既光明正大又饱含温情，相信任何人都难以拒绝。最关键的还有，她带着孩子离开的时候一句怨言都没有，保留了最后的尊严，单凭这一点，阿巴亥就是一个非同凡响的女人。

于是，努尔哈赤重新选择了她。因为她的才情吻合了时代的需求，她的度量也禁得起战争的残酷考验。果然，让我们没有失望的是，阿巴亥在厄运中非但没有萎靡，经过风雨的历练反而更加成熟。当她再次出现在大福晋的庭院里时，她依旧鲜亮如初。而且，经过这一次生与死的历练，她再次介入到诸王和众妃建构的政治格局当中的时候，更多了一份沉稳和霸气，阿巴亥已经准备好了，准备好了重新与他们交际和对峙，我们有理由相信，她的崭新的政治生涯开始了。

同时准备好的，其实还有那个一直藏在背后，默不作声，却心里有谱儿的多尔衮。

前文我们提到，天命五年（1620）九月，努尔哈赤宣布废黜大贝勒代善的太子名位，改立阿敏、莽古尔泰、皇太极、德格类、岳讬、济尔哈朗、阿济格、多尔衮、多铎为"和硕额真"，命令几人共议国政。当年，多尔衮只有8岁，也就是说，从那时起，多尔衮以八龄幼童跻身于参与国政的和硕额真行列。但是，自从发生了母亲阿巴亥被废事件之后，多尔衮似乎不像以往那样和父亲那么亲密了。他总是远远地看着父亲，以非常谨慎的神色。根据历史书籍记载，当时在许多重大的活动中,都看不见多尔衮的踪影。当兄弟们围绕着父亲说说笑笑,享受天伦之乐的时候,这个敏感的孩子,总是逃得远远的。他把全副精力和所有心思都用在了自身的学习和锻炼上。他认为,这个世界上,除了母亲,谁都是不可信赖不可依靠的,即使是自己的生身之父。

多尔衮微妙的变化逃不过努尔哈赤的眼睛。有一次,多尔衮正在练习射箭,努尔哈赤趁其不备,从背后一把环住了多尔衮。多尔衮下意识地用尽了浑身的力气向后攻击,几乎把壮硕的努尔哈赤击倒在地。待到多尔衮转过头来的时候,看见年迈的父亲眼睛里有一抹游移的神色,他连忙低下头去,轻声地说:"儿子不孝,不知道身后的是汗父。"夕阳下,努尔哈赤似乎第一次看到了自己的儿子,那样的英俊挺拔,气宇轩昂。他心想:这个孩子是什么时候长大的呢?难道我真的已经衰老了吗?

"来,过来,坐到我身边来。"一向不苟言笑的努尔哈赤难得在孩子面前呈现出温和的一面,"跟我讲一讲,你心里的梦想。"

其实多尔衮的心里,是有着胆怯的。他心里的梦想?做儿子的,多么想冲口而出:"我的梦想就是你再也不会抛弃我的额娘和我的兄弟,我的梦想就是有朝一日你不会用你的权力来惩治你的家人。"可是,经过了那一次生死考验,多尔衮已经不再是一个简单的孩子了,他知道他的父亲不是一般的父亲,他更加明白他自己也不是一般的儿子。

　　"我心里的梦想，就是有一天能像雄鹰一样，自由地翱翔在蓝天上。再也没有战争，再也听不到女人和孩子的哭声，再也看不到流淌着鲜血的战场。我希望每个人都能快乐健康地生活，和自己喜欢的人在一起，骑着高头大马，哼着悠扬的乐曲，平静地生活。"多尔衮把头靠在父亲的肩膀上，眼睛望向远方，充满深情地说。他所描绘出的美丽画面让努尔哈赤听得如醉如痴，几乎忘记了自己是一个肩负重任的君主。"孩子，你可知道？你心里的梦想正是我的梦想呀！但是，我们要怎么样才能让心里的梦想成为现实呢？你考虑过这个问题没有呀？"把心思从遥远的梦想之国收回来，努尔哈赤想考考这个他最喜爱的儿子。"梦想若想成为现实，则必须经历一番血与火的考验。我必须成为一个真正的英雄才可以。我只有不断地努力，成为一名真正的英雄，才能帮助阿玛完成心愿，通过我们的努力让这个世界再也没有战争。我认为，只有经历过战争，才能获得真正的和平。"年少的多尔衮天资聪颖，考虑问题几乎比他的哥哥们还要成熟，努尔哈赤不得不对这个儿子刮目相看了。"孩子，告诉我，如果你真的有一天做了帝王，你会让你的子民们过平静的生活吗？你不希望他们再给你开疆拓土吗？"想了很久，努尔哈赤决定问出这个其实一直缠绕着他的问题。

　　"天之外，总有更高的天。草原的尽头，应该也有更美丽的草原。但是，如果我的子民我的战士们不能感觉到跟随我的快乐，我又怎么忍心让他们因为我的欲望而生活在无止境的战争里呢？我相信，这个世界，早晚有一天是要和平的。女人们应该快乐微笑，孩子们应该尽情玩耍，而男人们则应该在奋斗过后好好地休息一下。"多尔衮说这番话其实是经过考虑的，他知道父亲已经63岁了，他应该已经觉得很疲惫需要休息了，否则他绝对不会因为想念他的母亲而做出复婚的决定。然而他万万没有想到的是，就是因为他的这一番话，他的父汗，无上尊贵的努尔哈赤，就在那一瞬间做出了一个伟大的决定——他要把他的汗位传给多尔衮，传给他这个善良又勇敢的儿子。

你的童年经历了什么？多尔衮，这位历史上人人称道的少年英雄，在他的童年，经历过最光辉和最惨痛的事情后，终于，成长了。

第三章

一夕之间　父母双亡

后金天命十一年(公元 1626,明天启六年)正月,六十七岁的努尔哈赤雄心未老,亲自率领十三万人马,向明王朝发起进攻。无能的明王朝这时几乎将所有军权都交代给了一帮阉党,靠拍魏忠贤马屁起家的新任辽东经略高第就是其中的典型代表,是当时著名的不抵抗政策的执行者。他一听说后金来攻,就立即下令放弃山海关外所有大明王朝的疆土,从而使得努尔哈赤的大军一帆风顺地在辽东辽西长驱直入。

正当努尔哈赤志得意满的时候,在山海关外的宁远城,他遇到了自己的克星:文官出身的袁崇焕。这个来自广东东莞、文武双全的书生,是当时所有关外城寨中唯一一个敢于违抗指挥官错误指令的人,在保卫宁远的战役中,带领四万余名将士,奋勇杀敌,深得当地百姓的欢心,表现出了比大多数明帝国武将都要顽强几倍的斗志。

于是,努尔哈赤不但未能攻下小小宁远城,更在战役中被袁崇焕的红衣大炮所伤,输得一败涂地。根据历史资料记载,袁崇焕为击退后金部队,在宁远城上架设了 11 门红衣大炮,随时准备迎战来犯之敌。

根据记载,这种红衣大炮的威力非常大,是英国制造的早期加农炮,炮身长、管壁厚、射程远、威力大,特别是击杀密集的骑兵具有强大的杀伤力,是当时世界上最先进的火炮。红衣大炮在宁远之战中确实发挥了它的极大威力。后金大军的攻城行动在明军猛烈炮火的攻击下严重受挫。宁远城下,八旗官兵血肉横飞,尸积如山。在攻城的第三日,后金便撤兵而去。

在威力极大的西洋火炮猛烈攻击的情况下,作为后金统帅而亲临城下督战的努尔哈赤也是身受重伤,不得不返回沈阳养伤。同年的七月中旬,努尔哈赤伤势越来越重,伤口大面积感染溃烂。想必他在精神上也受到很大的创伤,整日悒悒不自得。在肉体和精神受到双重创伤的情况下,这位沙场老将终于扛不住了。七月二十三日这一天,他不得不向病魔低头,前往清河汤泉(威宁堡狗儿岭汤泉)疗养。然而即使是传说中可以杀菌消毒、有着无穷威力的温泉,这时也已经无济于事了。八月初七,自知命不长久的努尔哈赤决定返回后金国都沈阳。同时,他派快马向皇宫中的大妃阿巴亥报信,让她立即前来迎接自己。

阿巴亥所乘的船,在浑河上的叆鸡堡河段与努尔哈赤所乘的船相遇,准备随后一起赶往沈阳。然而,天有不测风云,努尔哈赤再也没有回到沈阳,再也没有见到他的儿子和部属们。

八月十一日下午,67岁的努尔哈赤死在了浑河的船上,距离沈阳四十里。当时,努尔哈赤的儿子们都不在身边,只有阿巴亥一个人见证了这一代君主最后的时光。阿巴亥只能陪着丈夫的尸体返回皇宫,并成了陪伴努尔哈赤最后一刻的唯一一人。

阿巴亥的灾祸也因此而起。努尔哈赤虽然死了,但是他的死完全在预料之外,而且他从来不知道自己已经濒临死亡,因此他在废除代善为继承人之后,一直没有正式确定过自己的继承人。于是,后金汗位的归属,成了一个极大的问题。

当时的后金朝廷,皇族中最为出众的有四大贝勒(代善、阿敏、皇太极、莽古尔泰)和四小贝勒(阿济格、多尔衮、多铎、济尔哈朗),这几位谁能成为最终的皇位继承人呢?

努尔哈赤晚年英雄气不短,儿女情也长。在众多的后妃中,他最宠爱的是比自己小三十多岁的拥有着艳丽的姿容和机敏的性格的阿巴亥。爱屋及乌,阿巴亥所生的三个儿子尤其是多尔衮也最得他的青睐,他甚至许下了将来百年之后传位给多尔衮的承诺。这个承诺,一直在努尔哈赤的儿子们中间传递着,只是性格发生变化的多尔衮小小年纪就学得老练深沉,每当有哥哥弟弟们问起的时候,他只是含蓄地摇摇头,谦虚地说:"我哪里有能力胜任呢?哥哥们就别开我的玩笑了。"其实,多尔衮不是不想,是心里真的有些害怕。他害怕了政治的风云变化,也害怕有一天,他没有能力保护自己最爱的母亲。

让多尔衮万万没想到的是,父亲努尔哈赤的驾崩之日就是自己母亲阿巴亥的死亡之期。

努尔哈赤离开人世的时候只留下了口头遗言——"将皇位传给十四贝勒多尔衮,由大贝勒代善辅政。"话虽然留下来了,但是并没有写下任何凭证,一个字儿也没有。另外,由于他离开人世的脚步太过匆忙,当时身边只有衣不解带照顾他的阿巴亥,多一个人都没有,连个人证也找不到。偏偏,阿巴亥是多尔衮的生身之母,难免落得个偏袒自己儿子的嫌疑。聪明的阿巴亥心里非常清楚,多尔衮年纪小,当时只有 14 岁,势力也不够强大,虽然也跟着哥哥们出去打过几次仗,但是战功和成绩和几个哥哥们根本比不了,难以服众。尤其是四贝勒皇太极,他在努尔哈赤的这几个儿子中是威信最高的,也是最有野心和能力的。如果皇太极能出面支持多尔衮,此事还有可以运作的可能,如果遭到了皇太极的强烈反对,那么问题就严重了,不仅多尔衮没有机会当上这个皇帝,就连阿巴亥和她其他几个孩子的性命都难以保障。

沈阳城内,刚刚听说噩耗的各位贝勒爷心里也是想法多多,各怀心事。大贝勒代善自从被废之后,早就断绝了政治上称王称霸的念头。他本性温和敦厚,只求安稳度日。其实他心里明白,父亲努尔哈赤是喜欢多尔衮,真的想把汗位传给他的。只是这个头他是断然不会替多尔衮出的。他和多尔衮年龄差很多,兄弟之间不能说是没有情谊,只是还不到为了多尔衮可以放弃自己的生命的地步。代善已经清楚地意识到,父亲的离开,给兄弟们留下了一个巨大的谜团,稍有不慎,是容易引来杀身之祸的。二贝勒阿敏和三贝勒莽古尔泰其实都想继承汗位,但都没那个本事,他们二人在文治武功上都不如皇太极,在努尔哈赤在世的时候二人就不得宠,老爷子死后的皇位,他们两个人连毛都摸不着。但是他们二人手握兵权,旗下有许多勇敢的战士,只听凭于他们二人的指挥,这也是让人高看他们一眼的砝码。于是,二人在得知努尔哈赤的死讯之后,第一时间找到皇太极,表示——"一定力保他继承汗位!"深沉的皇太极假装惶恐不敢承担兄长的好意,只是连连摇头,说:"一切等大妃回来之后再议吧!"

多尔衮始终和弟弟多铎在一起。这一年,多尔衮已经14岁了,多铎也是12岁的英武少年了。说来也是上天的眷顾,阿巴亥生的三个儿子,年纪虽不大,但都显示出了非凡的才智,英武不俗,尤其多尔衮更是鹤立鸡群,"聪颖异常",如今长大成人后,俨然已经是一位十分了得的英雄了。就连他的弟弟多铎,也是非常勇敢,小小年纪就已经获得战功。母亲护送着父亲尸体回来之前的那一夜,天空中的月亮特别明亮,弟弟问哥哥:"你说阿玛会把汗位传给谁呢?我想应该是传给你吧,我听阿玛说过的。"多尔衮一直在擦拭着自己的弓箭,他用很低沉的声音但是非常坚定地告诉多铎:"这样的话以后绝对不能再说了,特别是当着几位哥哥的面。""你怕他们吗?我可不怕。哥哥,咱们手里也有两个旗的将士呢,要是真打起来,谁赢谁输还说不准儿呢!"

多铎从小也是聪明伶俐的孩子,据说努尔哈赤生前最宠爱这个幼子,同时也因为游牧民族的习俗,未分家的幼子称为"守灶儿子",有权继承父亲所有遗产,因此多铎从小的政治地位就相当高。正是因为如此,他的性格特立独行,时常率性而为,狂放不羁又很叛逆,而且武功很高,是属于天不怕地不怕的类型。多铎从小就和多尔衮形影不离,兄弟感情十分好。

"多铎,哥哥告诉你。这样的话以后不许再说了。就算阿玛真有遗言让我坐这个位置,事到如今,我也坐不上。你我年纪都太小,哥哥们甚至比我们的额娘年龄还要大,他们不会眼睁睁地容许我来管理他们和他们手中的兵的。"

"这些人,就是这么可笑!哥,你不用怕他们,年龄大了不起呀?代善哥哥最大,我就没看出他有什么本事来。"多铎不服气地说。

"弟弟,以后你要记住,代善哥哥虽然性格软弱,但却是咱们这几位哥哥中最值得信赖的人。因为他善良,他从来不会主动去伤害别人,对我们的额娘也很好。"

说到母亲,多尔衮的眼睛里忽然涌现出了晶莹的泪珠。然而,男儿有泪不轻弹。他强忍着眼中的泪,把手按在弟弟的肩膀上,悠悠一叹。"额娘今年才37岁呀,她该怎么过以后的日子呀!"

多尔衮考虑的的确很多。14岁的小小年纪,就已经能够体会到母亲人到中年突然丧夫的处境,可见心思是非常细密的。多铎似乎也感受到了多尔衮内心的忧伤气氛,渐渐安静下来,陪着哥哥,一起看天上的月亮。

恰恰此时,他们的母亲也在思考皇位继承的问题。她非常担心几个年龄大的贝勒对自己的儿子不利,虽有努尔哈赤的口谕,但无人证明无人支持的苦,她从成了努尔哈赤的妃子那天起就已经感受到了。她一直在拼命地争取努尔哈赤的欢心,为了保护自己的儿子,等他们壮大起来好依靠他们。没想到,丈夫离开得太突然,给她留下了太多的难题。在百般思量后,她决定先探探势力最大的皇太极的口风,然后再做决定。作为一个母亲,她想得非常清楚,在如此动乱的年代,帝王之位,远远没有儿子的性命来得珍贵。

这个月光皎洁的夜晚,还有一个人也很难过,那就是皇太极。父亲的突然离去并没有让他感觉到过多的悲伤,现在他已经是一个成熟勇敢的中年人了。反而,在这个特别的时分,一个埋藏在他心里很多年的秘密汹涌而出。他仿佛看到:为母亲报仇的那一天终于要来了。其实,皇太极心里非常憎恨阿巴亥,恨不得杀之而后快。原来,在阿巴亥嫁给努尔哈赤之前,努尔哈赤最宠幸的是大妃叶赫那拉氏和她的儿子皇太极,而且皇太极也得到了父亲的关于传位的暗示。在父母的教育和熏陶下,皇太极自幼就精明强干、文武双全,他无数次喜悦地想象着坐在那与他的才干相匹配的宝座上会是什么滋味。母亲的死,对于皇太极来说,无论从心理上、地位上,还是生活上,都是一个巨大的打击,影响极大。尽管当时皇太极只有 11 岁,但对阿巴亥的仇恨的种子已深深地埋进了他的心田,新仇旧恨交织在一起,只要有机会,皇太极岂能不置阿巴亥于死地?

失去母亲是人生中最大的不幸。而且随着阿巴亥的得宠,她的儿子多尔衮也取代了皇太极在努尔哈赤心中的地位。母亲的去世使皇太极被立为继承人的希望一下子变得十分渺茫。而且,随着努尔哈赤年龄越来越大,身体状况也是一日不如一日,很多忠臣就劝说皇太极的父亲早一点立太子,但是他却迟迟不表态。于是,许多人开始慢慢地怀疑,努尔哈赤之所以一直没有确定他的继承人,就是在皇太极和阿巴亥的儿子中摇摆不定,有心等待阿巴亥的儿子们多立战功,将机会给他们其中之一。这一切的一切,使阿巴亥成了皇太极仇恨和报复的对象。他早就下定了决心,一定要把母亲抑郁而死的仇和他被多尔衮夺去父亲的宠爱的恨一起给报了。

这一天,就这样来临了。

别看阿巴亥是个女人,但是她非常聪明。在护送着努尔哈赤的遗体回到部落后,她第一时间内就找到皇太极,试图打探他的想法。他们之间的对话可谓玄机重重。

"你信不信?你阿玛在临死前有口谕,选定多尔衮为他的继承人?"

"我信如何?不信又如何?我只不过是阿玛那么多儿子中的一个,信不信,又有什么干系?"

"我了解你的人品和性格。如果你信,自然会辅佐多尔衮,帮助他成为一代帝王。如果你不信,那么多尔衮的这个继承人,是绝对当不上的。"

"你未免太高估了我。我没有那个指点江山的能力。如果我有那个能力,阿玛就会选定我为继承人了。作为多尔衮的额娘,你应该相信自己的儿子才是呀!"

"你这样一说我就更不放心了。这分明是心中有怨气所致。如果你能保证不伤害多尔衮,我愿意代表我的儿子将这个继承人的位置让给你!由我来对大家宣布,说努尔哈赤在临死之前选定你为继承人!"

"简直是笑话!莫大的笑话!就算你能做得了多尔衮的主,你也太不把我皇太极当人看了!就算我想当这个继承人,也用不着谁来做主让给我!我还没有那么急功近利!这件事情就免谈了!"

一见皇太极要走,阿巴亥觉得非常害怕,她伸手抓住了皇太极的衣袖,眼睛里浮上一层泪花。"你额娘离开你的时候想必你也是非常痛苦的吧?你就当体谅一个做额娘的心情,好不好?答应我,我愿意用继承人的身份和汗位换多尔衮的性命平安!"

不说这个还好,一说到要皇太极体会一下做额娘的心情,他更是新仇旧恨一起涌上心头。他心想,一不做二不休,既然你想给我,我有什么理由不要?!不就是保证他的平安嘛?没问题!毕竟是手足,我断然不会害他。只要他不惹我,我乐得他为我效劳。但是你,阿巴亥,你就没有什么好下场了!

皇太极迅速转身,用犀利的目光瞪着阿巴亥。"你说到做到?只要我保证多尔衮的性命,你就愿意对大家宣布我是努尔哈赤选定的继承人?!"阿巴亥一边艰难地点头,一边在心里默默地向她一生中最爱的两个男人——多尔衮和努尔哈赤忏悔。

多尔衮和多铎听说母亲护送着父亲的尸体回来了,心上和脚上都像长了草,急忙火急火燎地来找妈妈。没想到,妈妈先是闭门不见,后来又看到皇太极走了进去。而且里面似乎有些轻微的争吵,交谈的时间持续很久。细心的多尔衮已经料想到事态的严重性,他深锁眉头,低头不语,任多铎在一旁大喊大叫,他也岿然不动。皇太极离开阿巴亥房间的时候,多尔衮腾地一下站起来,谦恭有理地说:"哥哥走好,辛苦了!"多尔衮的这一举动让门里的阿巴亥和身旁的多铎都非常惊讶。更加惊讶的,当数皇太极了。他在那一瞬间立在门口,进退不得。第一次,他认真地看着这个弟弟,这个博得了父亲和兄弟们的喜爱的弟弟,他第一次发现,多尔衮真的长大了,他不仅武功盖世,而且心思敏捷,绝对不可小视了,皇太极在那一瞬间有些开始后悔自己的选择了。

阿巴亥让多铎守在门外,谁也不让进来。然后,拉着多尔衮走进了房间。屋内,只有两个心碎的母子。

"我知道,我做不了继承人了,是不是,额娘?"平静的多尔衮首先打破了僵局。他几乎是带着微笑,看着自己的母亲。

坚强的阿巴亥面对自己懂事的儿子,再也抑制不住内心的悲伤,眼泪一点一滴落了下来。

多尔衮上前扶住了阿巴亥,拍着她的肩膀,为她拭去泪滴。"额娘,你别哭泣了。阿玛尸骨未寒,他若见了你这般难过,一定会非常不忍心的。"

不知道从什么时候开始,多尔衮似乎变成了一个不会动气的孩子。他懂事得让人心疼。做母亲的更不知所措了。

　　"你相信额娘吗？你知道我的苦心吗？孩子，你是懂事的孩子，你明白我让出继承人这个位置的目的吗？"阿巴亥终于控制住了情绪，问多尔衮。

　　许久，多尔衮只是静静地看着阿巴亥，没有回答。你让一个刚刚十几岁的孩子怎么回答如此严肃的问题？况且，他刚刚失去了自己的父亲。

　　"我知道，我不够强大，即使阿玛有心让我做继承人，在现在这种情况下，没有他老人家扶我上马，我也做不成，弄不好还会给家里人带来不必要的伤害。我谁也不怪，怪就怪我生的晚，或者说命运不好。"

　　阿巴亥抓着多尔衮的手，泣不成声。"孩子呀，你这分明还是在怪我呀！你可知道？我若不让出这个位置，你的性命可就难保了！"

　　多尔衮唰的一下跪在了母亲面前，含着热泪说："孩子怎么有资格怪罪您？若没有您的爱和庇护，也许我早就离开了人间。我的这条命都是您给的，怎么可能对您有怨言？我只怪自己，生不逢时，能力不够，不足以保护您和哥哥、弟弟。但是您放心，有朝一日，我一定让您有享不尽的荣华富贵！还记得那时，你为了我和多铎，忍受了阿玛的误解，咱们几人日子虽然过得清苦，倒也是很快乐的。额娘放心，儿子懂事了，谈不上怪罪，我对您只有感激！"

　　就这样，在"活着"面前，阿巴亥和多尔衮虽然痛苦不堪，却也渐渐地达成一致。"额娘，您千万不能把事实的真相告诉多铎，我怕他年纪小，受不了，会做出让我们无法控制的事情！”

对于多尔衮来说，八月十一日，夜，那是一个极其难熬的夜。他忽然间再次觉得，自己被整个世界抛弃了。母亲为了保住他的性命，等于是逼迫着他交出了继承人的位子。然而他理解母亲保护儿子的心。父亲的离去对他的打击也是非常巨大的，一个刚刚懂得照顾亲人、强壮自身的男子汉，这个时候是正需要得到父亲的关心、爱护和指导的，然而，一直对他颇多照顾却没有时间仔细交流的父亲，突然间就离开了这个世界。直到这一瞬间，他才知道，严厉的父亲一直以来是信赖他爱他的，可是，他知道的太晚了。

然而，更可怕的现实，其实正在这个深夜，向多尔衮和他的母亲走来。

八月十二日，受阿巴亥委托，大贝勒代善宣布了皇太极继位的消息。阿巴亥和多尔衮非常平静，并没对这个消息做出任何反应，只有多铎略微有些沉不住气来，大眼圆睁，一副迷惑的样子。

但是，让他们万万没有想到的是，隔了几个时辰之后，又一个消息被宣布：先帝早有遗命交代诸王——大妃殉葬。这个消息却使阿巴亥如五雷轰顶了。除了努尔哈赤疗养的短短十几天之外，她一直跟随在丈夫身边，丈夫临终时也只有自己陪伴，他怎么可能、又是什么时候见过这些王公，留下这样一条遗嘱的？

然而阿巴亥的哭叫和辩解没有任何作用，所有的成年王爷和大臣都赶到了她所住的宫室，各种各样的眼睛都紧紧地盯着她，恶狠狠的话也从这些道貌岸然的男人嘴里吐出来："先帝有命，虽欲不从，不可得也。"——总之，要将她尽快送进阴曹地府里去。

这一决定，不用想也知道，一定是皇太极为了绝除后患而做出的。大妃阿巴亥足智多谋胸怀大志，且由其所出的三个儿子在八贝勒中占有了强势，更为可怕的是，在努尔哈赤死前的四天中，唯有她承命侍侧。因此对于皇太极、阿敏等竞争势力来说，她是最致命的对手。虽然她现在为了保存儿子的性命决定将继承人的位置让出，但是若不将她彻底铲除，日后她一定会借用"遗命"之威，任用封、赏、贬、谏之权，一步一步削弱，甚至架空皇太极的势力，再等到她的几个儿子渐渐长大，势力强大起来，还不闹得天翻地覆？于是，皇太极只好违背良心，冒着遭到上苍惩罚的风险，捏造汗父"遗言"，迫令阿巴亥随殉。

无奈的阿巴亥誓死不从。她站在皇太极和阿敏中间，义正词严地说："这么多年来，我通过自己的努力，从一名卑微的奴婢成为你们阿玛努尔哈赤的宠妃。你们可以说努尔哈赤最爱的人不是我，但是你们谁也无法否认，这么多年来，特别是在他晚年的这几年，一直是我，把他服侍得最为熨帖。就在他生命的最后一刻，仍然是躺在我的怀里。我根本从来都没听说过先帝要我殉葬的事情，你们从何得知？"

一番话，把鲁莽的阿敏说得哑口无言。但皇太极可不是一般的人物，他要不是有成竹在胸的信念，他要不是经过一番缜密的思量，是断不会做出这个决定的。"大妃如此说来倒是有十分道理的。正因为您把先帝照顾得如此周到，他才舍不得您呀！阿玛一个人孤单地到了那个世界，他一定是很不适应很不习惯的。所以，他才会在感觉到衰老的那个时刻就已经下了诏，要他最爱的您为他殉葬呀！"

气氛异常尴尬和紧张。由于多尔衮和多铎早就被排除在外，所以他们二人并不知道自己的母亲面临着如此残酷的现实，即将离开他们。

诸王继以"先帝有命"再度施压，终于使阿巴亥穿上殉葬礼服。当明白自己不可能逃脱死亡之后，阿巴亥恢复了神智，这时候她唯一的愿望，就是能够以自己的死确保三个儿子的平安。于是她更换了大妃的礼服，佩戴上了自己所有的珠宝首饰，哭着向诸王请求："吾自十二岁事先帝，丰衣美食，已二十五年。吾不忍离，故相从于地下。吾二幼子多尔衮、多铎，当恩养之。"她说这番话的意思是：自从我12岁嫁给先帝，丰衣美食，已经25年，我不忍心离开先帝，因而，愿与先帝相伴去阴间。说完，将几尺白练绕颈自尽，诸王把这37岁的女人与努尔哈赤同枢而葬。

就在这样的一种情况下，37岁的阿巴亥终于迫不得已地踏上了从殉之路。她死的时间是当天早晨的辰时（上午7—9时），距努尔哈赤去世不到一天，距返回沈阳刚一个晚上，距殉葬令公布还不到一个时辰。这一切发生得实在是太快了。

阿巴亥死了，再也没有把努尔哈赤临终遗言说出来的机会，她的三个儿子也失去了依靠母亲与皇太极争夺汗位，或在以后对皇太极的汗位构成威胁的可能。松了一口气的皇太极倒也履行了诺言，对多尔衮兄弟予以了相当的重用——当然，阿巴亥殉葬名声非常响亮，她死前又反复督促皇太极和大贝勒代善当众立誓，这才是多尔衮兄弟的真正保障所在。

是福？还是祸？是苦？还是乐？多尔衮那聪明美丽的母亲——阿巴亥就这样倒下了。无论卑鄙无论崇高，无论渺小无论伟大，无论喧嚣无论沉默，无论得宠无论失爱，她的终点和每个女人一样，历史的如此安排让人匪夷所思……

不知为何，那些曾经叱咤风云、风虎云龙的人物们，总是有一个仓皇而悲情的结尾，乍一看来，似乎与他们那与原本瑰丽的一生格格不入，于是萦绕着一份轻轻薄薄的凄凉：病死途中的秦始皇，乌江自刎的项羽，对大汉民族有着巨大贡献的赵匡胤，真真假假我们不得而知。努尔哈赤和他最爱的妻子阿巴亥同样也是如此。没有一种痛心甚于被自己的至亲背叛，平常百姓多半没有这种烦恼，于皇室贵胄，这却是常事。

现在，我们不得不问，究竟这一生的奔波劳碌是为了什么？究竟打下这大片江山是为了什么？难道就为了看到自己的儿子们你争我夺吗？难道就为了看到自己的儿子胁迫自己退位吗？对付得了天下人，最后却敌不过自己的儿子。人生竟是无端的虚妄。冥冥之中自有因果循环，也许，唯有轮回之外的人才看得真切吧！

话说回来，满族的殉葬制度，早在关外部落时期就已经盛行,孟古姐姐死时,努尔哈赤就曾将她生前的婢仆四人送去殉葬。早年为丈夫殉葬的也确实有无子的嫡妻,然而后金时期已经完全改变——丈夫死后,嫡妻即使无子也不必殉葬,而是选择一名无子之妾从殉。从殉之妾一般都要艳妆,然后由嫡妻率家人儿女向她行礼之后"上路"。最好的待遇是服毒自杀,或由家人以弓箭射杀或以弓弦绞杀,若是此妾不愿从殉的话,则会被家人活活掐死。因此,阿巴亥作为生育了三子的嫡妻,怎么会被选中殉葬?这实在是一个太大的谜,实在是让人太想不明白了。况且,先前我们提到,在处理大妃私藏私送财物、与代善有私情的事件中,盛怒中的努尔哈赤尚能怜惜三个孩子无人照看而宽赦大妃。而在他临终之时,怎会让毫无过错,又精心照顾、陪伴在身边的大妃为自己殉死而不顾年幼的孩子呢?这在情理上也难以说通。

有人说,阿巴亥在殉葬的时候没有丝毫恐惧的神情,她只是死死地盯着皇太极的眼睛,盯到他脊背直冒冷气,最后没有办法继续待在阿巴亥的房间里,而是低着头,丝毫没有王者的威严,走了出去。

有人说,阿巴亥在临死之前大喊一声——多尔衮!声音穿透了城墙、穿透了生死、穿透了善良的人们的耳膜,直接到达她最爱的儿子多尔衮的耳畔,彻底惊醒了因彻夜难眠而稍事休息的多尔衮。

有人说,多尔衮真的听到了阿巴亥的呐喊。他拿起自己的弓箭,疯了一样地跑去救他最爱的母亲。尽管他速度飞

丧母之痛:多尔衮的母亲阿巴亥被迫殉葬

快,可比骏马。但是当他来到阿巴亥的宫殿前,母亲的鲜血已经流淌了出来,覆盖了他面前的台阶。

有人说,看到母亲的鲜血之后,坚强的多尔衮自喉咙深处发出了如同旷野中的狼一般的嚎叫。那样凄厉的声音让皇太极等人一生都没有好梦,无法安宁。

还有人说,多尔衮在得知母亲被迫殉葬的消息后,并没有去救母亲,而是平静坦然到似乎有些冷酷无情地接受了现实。他静静地蜷缩在床上,连续五日滴水未进,闭门不出,仿佛已经离开了人世。五日过后,他重整旗鼓,来到皇太极面前,平静地告诉他——"兄长,我一定会为您效犬马之劳!"多尔衮的平静吓坏了皇太极,坐在帝王之位的他,好长时间反不过劲儿来,令群臣耻笑,有的人甚至在下面窃窃私语地说:"还是努尔哈赤有眼光,当时就定了多尔衮做继承人。现在看来,这个孩子果真非同凡响!"

说法总是千变万化的。正如人生中那些难以预测的故事结局。另外值得一提的是,这次为努尔哈赤殉葬的,不仅有阿巴亥,还有他的另外两个小妃,其中一个就是曾经告发过阿巴亥的代音察。她因揭发阿巴亥有功,颇为受宠,地位上升,能与努尔哈赤同桌吃饭。既然如此,为什么还让她殉死呢?这说明代音察揭发阿巴亥,打击代善,的确是受皇太极指使的,皇太极为除后患,杀她灭口。她也同阿巴亥一样,成了政治斗争的牺牲品。这是多么讽刺的一个结局呀!女人们钩心斗角了一辈子,到头来居然是一样的结局。

有人问我,在众多的假设之下,多尔衮到底会有如何的反应,做出什么样的举动?思来想去,无论如何,我个人是愿意相信最后一种说法的。心怀大志的多尔衮能平静地接受继承人之位被皇太极抢夺而去的事实,就能接受母亲也离他而去的打击。多尔衮对皇太极等人的残忍做法,看在眼里,恨在心上,但他又能如何?在那样的一种情况下,这个失去了父母的照顾和爱,又同时失去了继承人之位的年轻人,又能怎样?他不是神仙,没有回天之力,更不是鲁莽的人,不可能在一气之下追随父母而去。况且,他还有年幼的弟弟需要他照顾,还有虽然比他年长却心无城府的哥哥需要他支持,他还有那么多的深仇大恨需要等待时机一一向这些人讨还。多尔衮的确是城府很深的人,他小小年纪就学会了韬光养晦。他深知,若此时为母亲鸣不平,为自己争皇位,不仅毫无用处,反而还会断送自己和哥哥弟弟的性命。况且,这性命,可是用母亲的鲜血换回来的呀!

只是,这样的打击对于那时的他来说,实在是太过深重了。不足二十四个小时之内,他失去了自己最亲的两个人,失去了他全部的庇护,无论是亲情意义上的,还是权力意义上的。从那之后,他彻底成了孤儿。

第四章

辅佐皇太极
获得赫赫战功

皇太极继位之后,所做的第一件事情就是竭尽全力地削弱多尔衮三兄弟的势力。他的内心深处没有得到片刻的安宁,他始终记得自己是如何用残暴的手段逼迫阿巴亥殉葬的。皇太极虽然向往权力,无所不用其极,但他并不是一个没有良心的人。他在夜深人静的时候经常反思,阿巴亥当初那么信任他,他却为了自己的江山稳固,而将屠刀伸向了一个手无缚鸡之力的女人,这一切,让他寝食难安。

但是,男子汉就是这样,为了江山,什么都要付出,哪怕是带着血的。阿巴亥死后,皇太极处处压制多尔衮和多铎手中两白旗的势力。不仅如此,他连代善、阿敏和莽古尔泰也渐渐地不放在眼里,三大贝勒同样处处受挤。在这样的你死我活的权力争斗中,多尔衮的聪明和韬光养晦的本领渐渐显露出来。

三大贝勒常常以汗兄自居,拥功自傲,在皇太极即位后,都或多或少地有谋逆和藐视皇太极的行为,他看在心里,虽然隐忍不发,但内心却非常难受,恨不得一下子就把他们全部消除,以绝除后患。而恰恰此时,本应最恨他的多尔衮却没有一丝一毫的不敬。但是，皇太极知道，若要削弱最威胁皇权的三大贝勒的权力，自己的实力还不够，还必须拉拢和扶植一些跟他无甚利害冲突的兄弟子侄，其中就有多尔衮。

少年多尔衮在夹缝中求生存，开始显示出他善于韬光养晦的过人聪明。他一方面紧跟皇太极，博取他的欢心和信任，在点滴小事上一点一点分裂三大贝勒和皇太极的亲密关系，同时强烈地控制自己绝对不要显示自己的勃勃野心；另一方面则在战场上显示出超人的勇气和才智，不断建树新的战功。

天聪二年(1628)年二月，皇太极以使臣被杀为由头，命令多尔衮和多铎为先锋，率领精兵进军多罗特部。得到准备打仗的消息之后，后金的贝勒们很快就进入到一种难以抑制的兴奋、狂热与躁动状态之中，后金人热爱征战，各个都是骁勇善战的勇士，颠簸的马背生活总是那么富有吸引力，令他们销魂。自从努尔哈赤去世，皇太极即位做了新汗之后，他们已经好久都没有打过仗了，早就心痒痒，手也痒痒了。

多尔衮不是一般的将士，虽然那一年他才只有 16 岁，但是也许是由于爱新觉罗家族的基因遗传，能征善战已经成为一种家族的象征；也许是因为多尔衮本身的个人悟性极高，在年幼的时分又遭遇到人生的重大打击，养成了他韬光养晦的气质。总之，多尔衮骑射的能力在后金无人能敌，除此之外，他最大的特点就是胆大心细，从不打无准备之仗。在战争开始之前，多尔衮就探知多罗特部的首领及其部众在敖木轮一带住牧，于是趁热打铁，下令合兵袭击了敖木轮。在事先对环境充分考察的基础上,他进行了周密的作战部署,针对当时的形势明确提出了速战速决的方针。不久,漠南草原突然狂飙涌进,在黄沙中发出撕心裂肺的呐喊和呻吟。哭叫声、砍杀声、求救声、斥骂声,以及刀剑刺入身体的撕咬声,不绝于耳,响成一片。第一次出征的多尔衮如同久经沙场的老将一般,在众人惊讶的目光中,他指挥若定。战争的结果果真在他的预料之中,多罗特部多尔济哈坦巴图受伤逃走,台吉固鲁被杀,他们的部众万余人全部被多尔衮俘获。八旗军队一共俘获了敌军 13000 多人,大胜凯旋。这个战役,对于多尔衮来说非常重要,他初次随皇太极出征蒙古察哈尔多罗特部,就立下赫赫战功,皇太极赐予他"墨尔根岱青"的称号,赞他"既勇且智",是真正的男子汉。谋略过人的多尔衮,逐渐成为后金军的主要统帅之一。天聪二年(1628)三月,皇太极废黜了恃勇傲物的阿济格之旗主,以多尔衮继任固山贝勒。这时候,多尔衮刚满 16 岁。

天聪三年(1629),皇太极亲自率领大军伐明,命令二贝勒阿敏留守沈阳。后金八旗军势不可挡,一下子就杀进关去,夺得了明朝的京东四镇——滦州、永平、迁安、遵化。就在这次战役中,多尔衮在汉儿庄、遵化、北京广渠门等战役中奋勇当先,斩获甚众,年少的多尔衮在军中树立了赫赫威信,声望高于三大贝勒。这一空前胜利,使皇太极雄心勃勃地制定了内外夹攻山海关,而后向关内迅速推进的计划。后金上下为之欢欣鼓舞,多尔衮作为一名铮铮铁骨的男子汉,在巨大的事实面前,痛下决心,决定把自己和皇太极的小我恩怨暂时搁置到一边,为部落的繁荣和国家的统一作出自己的贡献。但是,很奇怪的是,在这么美好的前景下,二贝勒阿敏对此表现十分冷淡,无论在皇太极出征期间还是班师回朝,他都没有一句恭请圣安的话,这令皇太极十分气愤。于是,皇太极借口政事繁杂、不应该使兄长们过于劳累为理由,成功地改变了三大贝勒分掌国事的旧例。

1630 年,阿敏受命以大贝勒的身份,统辖京东四镇的后金兵马。不到三个月,四镇全部失守,阿敏不仅在失地前大肆杀害士兵,而且最无耻的是在撤退的时候,又将永平、迁安的官民屠杀殆尽。守在沈阳的皇太极根本不知道此事。多尔衮虽然身在前线,但是他一方面碍于阿敏的淫威不敢造次,一方面也在心里打自己的小算盘。多尔衮知道皇太极现在与三大贝勒之间的关系非常紧张,他们曾经是共同杀害了多尔衮母亲的凶手,看到他们内院起火,互相残杀,他反而能在其中渔翁得利,何乐而不为?另外,最关键的是,阿敏烧杀抢掠、残害无辜的所作所为让多尔衮非常不齿,他深深地为有这样一个哥哥而感觉到惭愧。

于是,他趁阿敏不注意,就快马加鞭回到沈阳,向皇太极陈述事实的真相。多尔衮几乎是含着热泪一般地对皇太极说:“报告大汗,末将对不起您对我的信任。永平四城丢了。”皇太极听到这话后神色大变,盯着多尔衮,狠狠地问道:“什么?你在说什么?不要紧张,告诉我,到底是怎么回事?”于是,多尔衮一边伤心地抽泣,一边断断续续地将阿敏如何不作为的情况全部汇报给了皇太极。“永平四城丢了,阿敏哥哥还屠杀了城中所有的无辜百姓。这个举动几乎引起了民愤，我一直在劝说他，但是他就是不听，还说我有阴谋诡计。大汗，您辛辛苦苦打下的江山和威信，就这样让阿敏哥哥给毁于一旦了！"

就这样，一点一点地，由于多尔衮年轻力壮，一直在前线战斗，得到了很多第一手的资料。另外，他不仅勇敢，而且正义，在对待百姓的问题上从来就站在皇太极一边，因此渐渐获得了皇太极的信任。他们这两个真正的男子汉在这个问题上结下了真正的同盟，慢慢地，多尔衮辅佐皇太极，渐渐削弱了三大贝勒的势力。

根据历史记载，在整个满洲八旗里，没有一个男人比多尔衮更为帅气，没有一个人可以比他更像一个勇士。他小小年纪，就留了满脸的短胡子，充分显示出他性格的桀骜不驯。他的目光炯炯有神，充分显示出他内在的精明干练。可是同时，由于年少时期的不良印记，他在带兵打仗的时候总有着别人察觉不到的狡诈与凶狠，仿佛是另外一个多尔衮。他的骑术、射术、剑术、刀法都是一流的，反应机敏、出手利落的本领更是无人能敌。而且，随着年龄的增长，经历的战争的增多，他指挥将士、调兵遣将的能力似乎比皇太极更胜一筹。最难得的是，后金的大臣们都在纷纷传扬，多尔衮比皇太极出色的地方在于心胸开阔，知人善任，从不斤斤计较，颇有当年的努尔哈赤的风采。人们渐渐认同了他，接受了他，于是开始赞同努尔哈赤当年的决定，有的时候，人们也会偶尔猜测和揣摩，如果那时真的是多尔衮做了大汗的继承人，想必后金的势力会更加壮大。

不仅如此,在这期间,多尔衮还率兵打赢了几次非常漂亮的仗。1629年,他随皇太极自龙井关攻打明朝,他带领军队经过通州后直接逼近明朝都城北京城下。大败明朝的军队,再立战功。1631年,多尔衮跟随皇太极于辽西再次攻打明朝,在大凌河战役中,多尔衮亲自冲锋陷阵,直抵大凌河城下。让他没有料想到的是,城墙上的军火异常猛烈,后金军队这次遭遇了伤亡。皇太极听到这个消息后,愤怒地斥责多尔衮的手下。"他当时亲自冲锋,你们为什么不加阻拦?你们可知道?如果失去了他,我宁愿不要那片疆土!"可见,多尔衮在后金的地位,已经越来越重要。

正是由于多尔衮在军事、政治上已经越发成熟和值得信赖,另外他的心胸开阔,人缘很好。在天聪五年(1631)皇太极设立六部时,亲自命令多尔衮掌管吏部事,以便更全面地参与军政要事。

然而,使他名声大振的是征服朝鲜和攻击蒙古察哈尔部之役。朝鲜和察哈尔被皇太极视为明朝的左膀右臂,是后金攻明的后顾之忧。

皇太极即位之后,在多尔衮的辅佐下所打赢的几场胜仗让素来以蒙古汗王自居的林丹汗大为恼火,他的势力范围受到了严重的侵犯,因此和皇太极、多尔衮结下了仇怨。在这之后,天聪二年(1628)九月,天聪五年(1631)十一月,天聪六年(1632)三月,皇太极的军队多次与林丹汗交锋,天聪六年(1632)四月,皇太极率领大军越过兴安岭,大败林丹汗的部队。分兵三路穷追林丹汗 41 天,五月下旬得知林丹汗已经南渡黄河而去。

在这之后,皇太极与多尔衮之间还有一次非常严肃的交流。正是因为多尔衮的聪明机智,才最终博得了皇太极的信任。1633 年,皇太极与诸位贝勒、大臣们一起探讨进一步兴国的大计,询问他们征讨明朝以及察哈尔、朝鲜的问题,皇太极问:"各位忠臣,你们意下如何呀? 我们该集中兵力,先征服谁呢?"多尔衮以无比敏锐的目光,直接说出了他的战略思想。他从夺取全中国的目标出发,力主一定要先征服明朝。他说:"我们后金的目标不是疆土一定要扩展多少,而是要让天下人都归顺我们。我们现在首要的敌人是明朝的残余势力,我们必须解决他们,才能征服广大百姓的心。现在,乘稻谷都已经成熟的大好时令,我们整装待发,从边境处围困明朝的残余部队,攻其不备。给他们打得个落花流水之后,然后再找机会派出另外一支队伍,把明朝及其盟军的后续部队截住,让他们退也退不出来,进也进不去。我们的部队趁这个僵持的时候,找到明朝的大本营,把它们给毁了,树立起我们自己的营房。这样一来,我们只要粮食供给充足,根本不用耗费任何人力武力,就等着他们扛不住了投降就成了!"事实上,这种深入内地、蹂躏明朝的土地和人民,消耗明朝的国力和军力,然后再轻轻松松地与之决战的战略技巧,深得皇太极的赞同。以后的几次征讨明朝的军事行动,基本上都是按照多尔衮的这个方针执行的,事实证明,取得了巨大的成功。

偏偏这个时候,1634 年夏,林丹汗因病去世,但是他的残余部队仍然散布在长城内外，这让皇太极很不舒服。

于是天聪九年(1635)，皇太极便命多尔衮率军肃清残敌。这一仗，让多尔衮名气大增。三月，多尔衮在准备打仗的地方遇到了前来投降的林丹汗之妻囊囊太后及琐诺木台吉，囊囊太后带有大量的人、牲口和财物，这无疑令多尔衮如虎添翼。于是，多尔衮派人将这些人火速送往沈阳，而自己则率军继续前行。根据囊囊太后提供的情报，林丹汗的儿子额哲所部所驻扎的地点就在离后金军队不远的地方。另外，多尔衮还得到了一个非常振奋的消息，林丹汗病故前，曾把那块充满传说、众人瞩目的元朝玉玺亲手留给了他的儿子。

说起这个玉玺，还有一段很动人的传说。原来，这块玉玺从汉朝一直传到元朝，被百姓认为是帝王的象征。谁拥有这块玉玺，谁就有统治全国的力量。传说中，元顺帝北逃的时候，就把玉玺带到大漠，后来丢了，丢了大约有二百年。有一天，一个牧羊的人，看到他那只羊，三天没有吃草，羊蹄子总刨着地，这牧羊人很奇怪，心想这是怎么回事呢？于是他就挖这块地方，挖出一块玉玺。玉玺温润柔和，具有无比的能量。于是，这个牧羊人就把这块玉玺献给了林丹汗。

得到了这些消息之后，多尔衮当时就下定决心，一定要亲自打败林丹汗的儿子，夺取这块象征帝王权力的玉玺，献给皇太极，以博得他的信任。于是，趁着一个下大雾的清晨，多尔衮率兵围困了林丹汗的儿子额哲，并逼迫他投降。多尔衮端坐在高头大马上，带着无上的威严平静地对额哲说："你的母亲已经归顺了我们，你的父亲已经离开了人间，我其实内心深处十分理解你此时的处境。毕竟,我也是一个没有父母的孤儿。识时务者为俊杰。其中的道理,你一定是明白的,不用我多说!"

额哲万般无奈下,终于投降,并献出了传国玉玺。多尔衮郑重地收好玉玺,在第一时间内派人通知皇太极,说他已经得到了"传国玉玺",并意味深长地向兄长表示祝贺,恭喜他终于得到了天命,这回可以顺理成章地称帝了。皇太极听到这一个激动人心的消息后异常兴奋,他觉得得到了"传国玉玺",就等于是自己拥有了天子的身份,得到了上天对于他称帝的许可。

自从继承汗位之后,皇太极的内心其实一直并不安宁,他一方面始终耿耿于怀当初父亲努尔哈赤要将继承人身份传给多尔衮的事实,另一方面,多尔衮越是表现得大度勇敢,和他亲密非常,他就越觉得当初逼死多尔衮母亲阿巴亥的举动实在太残忍,随着年龄的增长和他势力的增强,他隐隐地觉得愧疚。这次,多尔衮再次不计前嫌,主动将他自己获得的"传国玉玺"送给皇太极,皇太极认为这是兄弟之间的盟约的一种征兆。他的兄弟抛弃了内心的戒备,愿意为他效犬马之劳,他这个做哥哥的,一定也要在今后的岁月里真正排除对弟弟的防备,重用他,赏识他,兄弟齐心,完成大业。

于是,皇太极命令属下做好准备,他要亲自出城迎接凯旋的弟弟,同时迎接天命的象征——"传国玉玺"。不要小看了这一举动,这在当时其实是一件举足轻重的举动。后金的汗王第一次出城迎接凯旋的军队,后金国上上下下为汗王的举动而沸腾。大家都在纷纷传说，皇太极迎接多尔衮的阵势千古未有，多尔衮这次可真的是一飞冲天了。

可是，聪明的多尔衮内心深处自然明白，皇太极下这么大阵势迎接的并不是他，汗王的喜悦也不在于他多尔衮打了胜仗。皇太极迎接的，是他手中的这块元朝"传国玉玺"，皇太极就算和全世界的人都说多尔衮功不可没，他也不会有丝毫的感动。

在城郊宽阔的广场上，多尔衮从高头大马上下来，谦恭地行过君臣之礼后，高举着被锦绣包裹着的"传国玉玺"，大声对四面的将士喊道："历代君王的'传国玉玺'归我大金，象征着大汗乃天命所归！现在臣恭请大汗领着我们八旗将士，逐鹿中原，一统江山！"说完后，多尔衮单膝下跪，高举传国玉玺奉献给皇太极。皇太极有些哆嗦地接在手里，感慨万千。周围的众位将士瞬间开始大声欢呼，声如海啸。皇太极真诚地扶起多尔衮，无比感动地说："多尔衮，你的功劳，我一定会记在心里。"

这一次出征，多尔衮可以说是不费一刀一枪，就出色地完成了皇太极的使命。更具重大意义的是，多尔衮不仅打了胜仗，更得到了遗失二百余年的元朝传国玉玺，并心甘情愿地在第一时间内将这个传国玉玺拱手奉献给皇太极，从而使皇太极获得称帝根据及招揽人心的工具。这个"千年之瑞"，通过多尔衮的手传给了皇太极，彻底代表多尔衮表达了他忠诚于皇太极的心愿，免除了皇太极对他的猜测。从那之后，多尔衮得到了皇太极的信任和重用，自己的势力也一天比一

传国玉玺：多尔衮拱手送江山给皇太极

天更加壮大起来。

出其不意、攻其不备是皇太极用兵的特点。所以,当他断然做出袭击朝鲜的决定的时候,不仅令他的敌人袁崇焕也令他的大臣们惊诧非常。然而,在皇太极的时间表中,这却是一个蓄谋已久的计划。朝鲜那时候所具有的那种得天独厚的战略地位与物产丰富的经济条件,已经足够让皇太极垂涎三尺了。皇太极要打破明朝的经济封锁,就只能靠亲征朝鲜,用武力改变朝鲜君主的敌对态度,从而打开互通有无的大门,以便获得同明朝军队长期对峙的经济依托。

朝鲜本是明朝的属国,世代忠实于明朝的朝廷,虽然多次受到清朝的分化和威胁,但是始终不渝,在一些重要的是是非非面前总是和明朝保持统一的状态,因此朝鲜始终是大清国旁边的一大忧患,早晚是要解决的。于是,皇太极赶早不赶晚,下定决心,于崇德元年(1636)十二月,亲征朝鲜,围堵朝鲜国王于南汉城市。在这场战役中,皇太极的得力爱将多尔衮自然也在行伍之中。

在这次军事行动里,多尔衮带领皇太极的儿子豪格从宽甸攻入长山口,占领昌州,一路所向披靡。崇德二年(1637)的正月,多尔衮率领刚刚组建的水师进攻朝鲜王子、王妃及众大臣所居之江华岛,多尔衮在江华岛遭遇到朝鲜军队的顽强抵抗,经过数日激战,清军最后杀伤了朝鲜守军一千多人,取得了战争的胜利。一举攻克江华岛,俘获朝鲜王妃、王子、宗室、妃嫔等七十六人,群臣眷属一百六十六人。多尔衮一改多铎等人大肆屠戮、侮辱俘虏的做法,严令部下对这些妃嫔、宗室、眷属待之以礼，并派兵护送，将她们交还给朝鲜国王。结果，朝鲜国王立即率群臣出城投降，并对多尔衮的温文有礼、冷静老练大加赞赏。围城之后，多尔衮采用恩威并用的策略，立刻执行皇太极的招降政策，停止杀戮，竭力劝降，终于使江华岛的守军得以全面投降。另外，最为难得的是，多尔衮对投降的朝鲜王室成员，不加任何侮辱，全部用礼仪对待他们，这使朝鲜君臣放弃继续抵抗，减少了双方的杀戮。在多尔衮这样的开明政策下，朝鲜国王因为妻子、儿子以及很多大臣都被俘房，各路援军又都在不同的地方被清军打败，于是只好放下武器，穿上朝服，率领群臣，向皇太极献上明朝给他们的敕印，正式宣布投降清朝。这一年，多尔衮只有 25 岁。

皇太极凯旋之后，曾经命令多尔衮约束后面的军队，并亲自携带朝鲜国王的儿子和诸位大臣作为人质。朝鲜国王因为感谢多尔衮保全了他的妻子和儿子的性命，并且没有一丝一毫地伤害他们，反而一直以礼相待，所以非常感激，一直不忘旧情。在今后的很多年里，朝鲜国王给清朝的诸位王爷送礼的时候，总是会特别眷顾多尔衮，给他的一份总是最厚的。

在顺利地解决了蒙古和朝鲜的问题之后，多尔衮便集中全部的力量，全力协助皇太极，和明朝在辽西地区进行了激烈而持久的较量。

1638 年即大明崇祯十一年、大清崇德三年八月，皇太极派遣多尔衮为"奉命大将军"，率清军左翼兵伐明。多尔衮的铁骑纵横山西、河北、山东三省,"自北京以西,千里之内明军皆溃散逃遁"。在长达半年时间里,辗转战斗了二千余里,只要是多尔衮想要的地方,都能悉数拿下。就连大明朝的总督,也战死在多尔衮手下。洪承畴和孙传庭也是这一次被急急调离围剿李自成的第一线,从而,导致李自成有了喘息之机并死灰复燃。这一次,多尔衮攻克山东重镇济南,前后只用了一天时间,生擒德王朱由枢,并陆续攻克城池五十余座,杀死两名总督级大员,在五十七次战役中全部获胜,俘获人畜四十六万余,黄金四千多两,白银九十七万余两。在八旗铁骑先后五次大规模绕道伐明的军事行动中,多尔衮指挥的这一次战果最为巨大。他的军功,使素以勇猛善战著称的豪格、阿济格、多铎等人全部相形见绌。

这几役之后,战局顿时改观,皇太极除去了后顾之忧,便可全力对付明朝。皇太极正式改国号为清,年号崇德,南面称帝,与明朝已处在对等地位。多尔衮在这诸多战役中所立的战功,也使他的地位继续上升。

根据历史资料记载,我们应该公正地说,皇太极待多尔衮不薄。对此,多尔衮也是心知肚明的。对于皇太极,他的感受可能是极度复杂的,一方面,他内心深处清楚地知道,他今日的大汗之位,原本是从多尔衮那里抢来的。另一方面,他也亲口对大小贝勒们说过,我皇太极是有能力的,我的能力是人所共知的,但我仍然需要各位大臣的积极辅佐,才能成就大事。根据历史记载,在皇太极称帝时,曾经册封了四大亲王,他们分别是代善、济尔哈朗、多尔衮、豪格。应该说,皇太极在多尔衮身上倾注了不少心血,甚至超过了对他的亲生儿子豪格。

细细翻检史料,我们可以清楚地发现:皇太极继承汗位一年半之后,16 岁的多尔衮随皇太极征蒙古有功,被"赐以美号"。此后,皇太极对多尔衮多次委以重任,扶持着多尔衮一步步成长起来。直至有能力摆平战功显赫的皇长子豪格,先成为辅政王,再成为摄政王。应该说,皇太极待多尔衮不薄,甚至超过了对他的亲生儿子豪格。皇太极主政十七年间,几乎所有王公贝勒都受到过严厉处罚。皇太极最有出息的儿子豪格曾经三次受到过降级、罚款的处分,而多尔衮只受到过一次。

原来,事情发生在公元 1641 年即大明崇祯十四年、大清崇德六年三月。当时,皇太极确定了对锦州长围久困的战略,下令部队轮番围困锦州,由远渐近,最后直逼城下,意图迫使锦州守军弹尽粮绝后不战而降。谁知,时间一久,锦州城内被围的人们受不了,城外围城的人们也受不了了,结果,领兵主帅多尔衮和豪格等助手商量后,私下里决定放官兵轮流回沈阳探家。兵员减少后,害怕城里的明军乘虚劫营,又将包围线后撤了三十里。结果,事实上等于撤除了包围。

皇太极知道后勃然震怒,整整一天都在大发雷霆。他把多尔衮等人调回来,不许进城,在城外听候处置。从多尔衮、豪格开始,皇太极一一点名痛斥。他对多尔衮说:"我爱你甚至超过了所有诸子弟,好马任你挑,好衣任你穿,好饭任你吃,比对谁都好。就是因为你勤劳国事,能够真心地听我的命令。如今,你让我怎么再信任你。"多尔衮和豪格被骂得狗血淋头,诚惶诚恐地自请死罪。最后,多尔衮的睿亲王爵被降为郡王,罚款一万两白银,夺两牛录;豪格的肃亲王爵被降为郡王,罚款八千两白银,夺一牛录,其他三十多人均受到处分。

之后,多尔衮等人去衙门办公。皇太极细细询问起来,结果,情况比听汇报时还要糟糕。当时,有人辩解说,是为了能够睡好觉才后撤的。皇太极怒火万丈,把多尔衮等一帮家伙当场赶出去了,说:"你们赶快回家吧,那样就可以睡好觉了。"并下令,不许他们上朝,说是自己不想搭理他们,见了他们就觉得伤心。

最后,还是多尔衮拜托范文程等人多次求情,方才挨过这一关。实事求是地说,在当时,多尔衮的才能和功绩是公认的。皇太极执政时期,多尔衮在一系列战略性军事行动中,均有上佳的表现,从而,令皇太极对他"特加爱重",也为自己赢得了崇高的地位与威望。史书上说他"攻城必克,野战必胜",也就是说他从来不打败仗的意思,现在想来并不完全只是溢美之词。

皇太极称帝前后,数次入关侵扰,掠夺大批人畜财物,却不敢立足于内地,除了清军所到之处人民群众纷纷起来反抗外,其重要原因是明军仍然控制着山海关以及关外锦州等地,所以清军不敢在内地多停留。山海关是屏蔽北京的要塞,而锦州乃是山海关的门户。清军为了夺取北京,争夺全中国的统治权,就必须先打下锦州和山海关。因此,在明朝灭亡以前的几年内,这里成为明清之间激烈争夺的战场。

1640年,清兵攻打锦州,锦州明军守将祖大寿进行抵抗,结果清军大败。第二年的一月份,皇太极又派多尔衮率兵围攻锦州,同样没有成功。四月,皇太极决心对锦州加强攻势,派郑亲王济尔哈朗、武英郡王阿济格、贝勒多铎等人,让他们听命于多尔衮,继续完成他的心愿。这一次,多尔衮等人他们带来了众多的八旗兵及许多门大炮,进行猛烈围攻。锦州城外的蒙古兵投降,清军占领了外城。祖大寿向明朝中央告急,七月,明朝派洪承畴率领八总兵骑兵十三万往救锦州,他步步为营,以守为战,不敢冒进,立营在锦州城南十八里的松山西北,济尔哈朗派右翼八旗兵进攻明军,结果失利,损兵折将。与此同时,崇祯皇帝下密诏,命洪承畴速战前进,以解锦州之围,兵部也一再催战。所以,洪承畴把粮草囤在锦州西南三十里的杏山和塔山的笔架山,自己领六万人开路先进。皇太极亲率大军到达锦州前线,他把所有兵力都集中起来打击洪承畴的援军。首先切断明军粮道,击败塔山护粮的明军,夺得明军笔架山的粮草。明军既失粮草,又作战不利,军心开始动摇,后又遭到清军伏击,死伤无数,仅有少数人突围而出,如吴三桂、王朴等奔往杏山。皇太极估计龟缩在杏山的明军一定要逃往宁远,所以在松山和杏山之间的高桥设伏,以待明军。明军又遭截杀,吴三桂、王朴仅单身逃逸,逃回宁远。这一战清军歼灭明军五万三千余人,获战马、甲胄无数,清军获得胜利,士气也顿时大振。

于是,洪承畴只剩下残兵败将一万多人,被清军围困在松山城内,他曾多次组织突围,均未成功,援军又迟迟不到。到最后松山城内粮尽援绝,副将夏承德降清为内应,引清兵入城,洪承畴被俘。久被围困的锦州也已筋疲力尽,见松山杏山的明军失败,待援无望,于是祖大寿也举城投降。至此,明朝在关外,除了宁远一孤城外,全部都落入清军之手。

皇太极在多尔衮的帮助下取得"松锦大捷"后,整个形势对清军十分有利,这让皇太极实在是很有信心。松锦战略决战,是清军取得的一个极其重要的胜利,它标志着双方多年来战略相持阶段的结束,致使明军转入战略防御,清军则转入了战略进攻!其实,早在清军对锦州大围攻之前,明朝内部的农民战争也已发展得如火如荼。崇祯皇帝忙于调兵遣将,东征西讨地进行镇压。农民军采取流动作战的办法,明朝官军无法捕捉到他们的主力。皇太极也知道从背后插上一刀于己十分有利,所以他也不时派清兵突入关内,奔袭昌平、宝坻、高阳、蓟州等地,从背后扰乱明军阵脚,使明军不能倾全力去对付农民军。崇祯皇帝为了防备清军大队人马从山海关打进来,抄他的后路,特地任命吴三桂为宁远总兵,领精兵四万,驻守关外的宁远一带,把守住从东北通向关内的狭长通道。

战争的形势一日比一日复杂,多尔衮只有更加兢兢业业,才能尽快完成皇太极的心愿,统一全中国。其实,这何尝不是多尔衮本人的心愿？1642 年，多尔衮终于率军攻下松山，成功俘获明朝的著名将领洪承畴，同时攻克锦州，迫使明朝大将祖大寿最后投降。明朝受到巨大的打击，多尔衮的威望和影响力则随着一场又一场战役的胜利而名声大震。这时，皇太极已经抱病在身，军国大事便经常委托多尔衮处理。可以这样说，在清军入关之前，多尔衮一直追随皇太极转战南北，为清朝统一东北及其蒙古各部做出了突出的贡献，多尔衮的地位已经渐渐地跃居为诸王之首。

第五章
再次与帝王
之位擦肩而过

多尔衮虽然战果累累，但他并不是一介武夫，这点连皇太极也看得很清楚，因此，在更定官制时，便把六部之首的吏部交给他统摄。根据他的举荐，皇太极将希福、范文程、鲍承先、刚林等文臣分别升迁，利用他们的才智治国。此外，文臣武将的袭承升降，甚至管理各部的王公贵胄也要经过多尔衮的手才能任命。就这样，在统辖六部的过程中，多尔衮锻炼了自己的行政管理能力，为他后来的摄政准备了条件。

更需注意的是，多尔衮一直秉承其兄皇太极意旨，对加强中央集权发挥了重大作用。崇德元年和二年，皇太极两度打击岳讬，意在压制其父代善正红旗的势力，多尔衮发挥了自己的聪明才智，成功地揣摩了皇太极的想法，故意加重议罪。崇德三年遣人捉拿叛逃之新满洲，代善略有不平，便被多尔衮抓住大做文章，上报皇太极，欲加罪罚。这些举动，正合皇太极心意，他一方面对忠君的兄弟表示赞赏，另一方面又减轻被议者的处罚，以冀感恩于他。通过这一打一拉，来稳固自己的独尊地位。

但是，皇太极并没有料到，多尔衮正利用皇帝的信任，逐渐削弱昔日曾打击他与母亲之人的势力，等待时机，想要讨回自己曾经被剥夺的一切。

不久，这个时机终于来到了。崇德八年（1643），皇太极"暴逝"于沈阳清宁宫。这个戎马一生的伟岸帝王，居然和他的父亲一样，在毫无预知和征兆的情况下，突然地离开了人世。现在，让我们怀着崇敬的心情，试图描摹皇太极弥留时分，在思量多尔衮的事情时，他的内心会有什么感受。

在多尔衮、多铎还在父汗努尔哈赤的怀中玩耍时，皇太极就已经开始带兵打仗，拼命暗中发展自己的势力，父汗如此宠爱多铎、多尔衮两兄弟，这让皇太极心有不甘。皇太极知道努尔哈赤一定会选择他最喜爱的多尔衮为继承人，可是父汗错就错在宣布遗诏时仅有阿巴亥一人在场，"封多尔衮为汗王，代善辅之"多可笑，代善优柔寡断，多尔衮才14岁，多铎12，都尚未带兵，朝中毫无根基，当时的多尔衮凭借什么和皇太极争？

皇太极其实和多尔衮一样，都永远忘不了自己额娘的眼泪。皇太极的额娘日日等待的痛苦，他一直记在心里。那一年，他才九岁，父汗已经彻底投入到了多尔衮的母亲阿巴亥的怀抱中了。皇太极的额娘是抑郁而死的，当他得知额娘的死讯后也毫无悲伤，冷冷地命令将额娘葬了，那群势力的人见他年幼可欺，便将他额娘草草收葬。

现如今，虽然皇太极已经建国称帝，国号为清，封他额娘为皇太后，重新建筑华丽的坟墓，可这一切他额娘都看不到了啊，这都是阿巴亥那个女人造成的。所以他一定要联合几大贝勒取得汗位、称帝，并一定要想方设法地治阿巴亥于死地。然而，当这一切都过去了之后，当皇太极和多尔衮一起共过生死打过天下之后，属于母亲的上辈子的恩怨和属于他们的家国之恨，似乎都轻飘飘地离开了。想到多尔衮在听到自己额娘已经为父汗殉葬时的眼神，皇太极不禁心惊。那不是憎恨报仇的眼神，也不是痛苦压抑的眼神，而是平静如水，无论如何都不能使之起一丝波澜的眼神。

想来，他这个弟弟多尔衮，从小体弱，在母亲阿巴亥身边最多，和阿巴亥最为亲厚，可他却毫无表情，平静如水，不像多铎、阿济格的痛哭与不信，他傲然挺立，黑眸清澈，温文的脸庞毫无表情，那样冷静，那样坚毅。

也许，皇太极就是在那一刻明白了：自己为自己树下一个可怕的敌人，于是他假意栽培多尔衮、多铎两兄弟，教他们练功、骑马、射箭、习文，派汉人教导他们汉家文化。多尔衮领着弟弟多铎认真学习韬略、武术，从不埋怨懈怠，故意对那些宫中侍人对他们兄弟发放的配给不够视而不见，多铎似有埋怨，却被多尔衮拦住，二人一声不吭，埋头学习武术、打仗方略，对配给似乎毫不在意，哪怕在从前他们是天之骄子，吃穿用度都是父汗精心准备,在众阿哥中是最好的。也许多尔衮、多铎可为他所用,不管他们是否了解阿巴亥的死因,凭他们俩也许能成为自己麾下的猛将。可有谁能够预知,这份假意的安排却在不知不觉中,变成了他真心的依赖?从什么时候开始,皇太极已经离不开多尔衮了呢?

崇德八年九月二十一日晚,晴朗的夜空忽然下起小雨来。皇太极一边批阅着奏章,一边思量着上面的事,猜测着多尔衮内心深处的真实想法。忽然地,皇太极的内心就涌现出了许多伤感的情绪。他想起自己年少的时候追随父亲打仗的情形,想起种种对多尔衮母子的不公,时间过得快呀,他一边叹息着,一边似乎沉沉地睡去了。在微弱的、忽明忽暗的灯光下,皇太极脸色苍白,紧闭双眼。等到皇后博尔济吉特氏发现他的时候,皇太极的生命已经危在旦夕了。御医赶到的时候,只见皇太极静静地躺在暖炕上,神情异常的安详,眉头轻轻地皱着,仿佛在思量着事情。经过细心地诊断后才发现,其实面孔安详的皇太极已经离开人世了。

就这样,皇太极自从35岁即位,到52岁驾崩,17年的执政生涯就这样结束了。由于突然死去,未对身后之事做任何安排,所以王公大臣在哀痛背后,满洲贵族发生了尖锐的矛盾,上下内部正迅速酝酿一场激烈的皇位争夺战。这毋庸置疑!无论这个刚刚死去的皇帝有多么的优秀多么的了不起,几乎每一个皇帝逝世之后,都会上演新的一场皇位争霸战。

古往今来,概莫能外。

可以确切知道的是,皇太极丝毫没有想到自己会在五十来岁正当年的时候突然死了,这是他完全没有想到的。皇太极死得太突然,造成了他没有留下遗言,最重要的一句话他没有留下,他死了之后谁来当皇帝,或者说他也没有留下一个遗言,新皇帝是如何选举。所有大臣也没有想到,那么在这个时候,在皇太极没有任何交代的情况下,我们能够依据的是什么呢?就只能依据皇太极的父亲努尔哈赤时期的遗言来操作下一任皇帝的产生办法。

现在,让我们来分析一下有可能争夺皇位的各方势力代表。按照过去的传统和过去几年来的表现,我们不难猜到,皇太极遗留下的空位,只有三个人具备继承的资格——代善、豪格、多尔衮。但实际上竞争最激烈的是后两人。就这两人来说,豪格居长子地位,实力略强,这不仅因为他据有三旗,而且由于代善和济尔哈朗已经感到多尔衮的咄咄逼人,从而准备投豪格的票了。

这时候,代善的两红旗势力已经遭到削弱,代善本人年过六十,早已不问朝政。代善的几个儿子中最有才干要属岳讬和萨哈廉了,但是他们二人年纪轻轻的就已经过世,剩下的硕讬和满达海,一方面代善和朝中大臣都不喜欢,另外一方面他们的年纪也不大,还没有什么发言权。第三代的阿达礼和旗主罗洛浑虽然有点霸气,但由于受到皇太极的压制,资质和才干也没有得到充分的发挥。由此看来，两红旗老的老，小的小，已丧失竞争优势。但是平心而论，以代善的资历和地位，两红旗的实力还是不可小视的，代善的态度所向仍然能够左右事态的发展。

除了代善、多尔衮等与皇太极平辈的人之外，皇太极本人有十一个儿子，除了早年夭折的三个之外，还剩下八个嫡亲的儿子。在这其中，与多尔衮年龄相当的豪格是最为出色的一个。豪格是皇太极的长子，虽然辈分低一级，但论年龄比他的十四叔多尔衮还要大三岁。豪格可不是一般的孩子，他从努尔哈赤的时代起，就开始在战场上冲锋陷阵了。天聪三年，皇太极第一次绕道入关伐明时，在广渠门外，与袁崇焕的宁锦援兵发生激战，正是豪格，勇悍异常，一直冲杀到了护城壕边上，大败明军，长了后金的志气。

另外，和多尔衮一样，豪格也不仅仅是个武夫。在对待大明、朝鲜与蒙古察哈尔的战略关系上，他眼光独到，认为大明是需要首先对付的主要矛盾，并颇有创见地建议，应该想办法联合农民军，共同削弱大明的力量。在当时，能够看到这一点的，在王公贝勒中几乎绝无仅有。

综观历史，豪格与多尔衮的感情关系很复杂，他们二人曾经多次并肩作战，经常是多尔衮为主帅，豪格为副帅。前文我们提到的那枚传国玉玺就是二人一起拿到的。不过，不知道是由于辈分所限，还是两个人的经历太过相似所致，他们叔侄之间一直没有建立起同甘共苦、生死与共的情谊。豪格内心深处对多尔衮很不服气，总觉得这个小叔叔本事没多少，还得压制他，或许和他年龄比多尔衮大有关。而多尔衮也是处处防着豪格，从不与他交心。这其中，别有一番滋味。

更令人觉得有趣的是，虽然豪格是皇太极的长子，但是多年来皇太极对豪格似乎并没有什么特别的关照。豪格曾经三次被降职和罚款处分，有一次是因为和岳讬两个人在一起发牢骚，泄漏了皇太极的谈话机密，被皇太极抓住；第二次是因为有个家伙想和他拉拢关系，强迫一个蒙古部落酋长把女儿嫁给豪格，被父亲皇太极治了罪；第三次就是因为锦州战役，和多尔衮一起被处分。但是豪格和多尔衮一样，是个骁勇善战的好男儿，三次被处罚之后，他和多尔衮一样，又凭借战功或出色表现恢复了原来的爵位。

因此，到皇太极去世时，豪格作为四大亲王之一，已经成为大清国位高权重的人物。皇太极生前集权的种种努力和满族社会日益的封建化，自然也给皇太极长子豪格参加到竞争中来提供了得天独厚的优势。而皇长子的身份，更令他具有了其他宗室诸王包括多尔衮在内都不具备的优势。因此，在一定程度上，豪格似乎比多尔衮具有更加充足的理由成为皇位继承人。他的支持者之多，已经成为多尔衮不得不顾忌的力量。

从利害关系而论，两黄旗大臣都希望由皇子继位，以继续保持两旗的优越地位。他们认为，豪格军功多，才能较高，天聪六年已晋升为和硕贝勒,崇德元年晋肃亲王,掌户部事,与几位叔辈平起平坐。皇太极在世时,为加强中央集权,大大削弱了各旗的势力,但同时又保持着一定实力,又把正蓝旗夺到自己手中,合三旗的实力远远强于其他旗。因此,这三旗的代表人物必然要拥戴豪格继位。

另一个皇位竞争者,当然就是本书的主人公多尔衮了。他的文武才能自不必说,身后两白旗和勇猛善战的两个兄弟则是坚强的后盾,而且,正红旗、正蓝旗和正黄旗中也有部分宗室暗中支持他,就更使他如虎添翼。本来,按照他的父亲努尔哈赤当时留下的"推举制原则",就能力、威望、地位与实力而言,多尔衮最应该被推举为最高权力继承人。偏偏此时的情形已经与努尔哈赤死后大不相同。经过皇太极十七年经营,如今的大清早已不是当年的后金。从人性的层面考察,当年,当所有大小贝勒在代善的带领下,拥戴皇太极即皇帝位,誓死效忠,并全体匍匐在他脚下三跪九叩首时,这一切改变就已经行进在不可逆转的过程之中了。

还有一个人也不容忽视,他就是镶蓝旗主济尔哈朗。虽然他不大可能参与竞争,但他的向背却对其他各派系有重大影响,无论他倾向哪一方,都会使力量的天平发生倾斜。

皇太极走得还是太突然了。这个时候,不仅清朝内部的格局在重新整合,就连整个国内形势的变化,也达到了重新洗牌的程度。所以说,无论谁,最后当上了这个最高统治者,都是应时而生。此时，日薄西山的大明帝国，声势浩大的李自成、张献忠农民军，还有如日中天的大清国，三支重要的政治力量逐鹿于中国大地上，已经接近最后大决战的前夜，致使皇太极身后的权力继承变得格外敏感而关系重大。多尔衮此时想得最多的，并不是自己如何通过努力，做这个最高领导人的位子。毕竟，在很多年前，他就已经体会过权力的失去是一种什么滋味。他思量最多的，还是整个大清国的命运。在这个敏感的时机，最高领导人的问题倘若处置不当，为争夺皇位而发生内斗的话，这个政权的前途就令人担忧了，国家的统一和富强就更无从谈起了。

这个时候，大清国经过了努尔哈赤和皇太极两代君主的锐意进取，经过多尔衮、豪格等优秀人才的不断变革，政权统治在组织结构、决策与施政程序、政策法令、思想观念上，大清政权已经深深地汉化了，再也不是只知道在马背上打江山的程度了，在一定程度上就像是大明帝国的缩微版。为此，皇太极生前亲自统领的两黄旗大臣，坚定主张按照"子承父位"的传统，这个位置必须由皇太极的儿子继承。他们之中有八个人，聚集到三官庙盟誓，为达此目的，他们不惜以生命相搏。其中，还有人指名拥戴豪格。这就使事情变得异常棘手。

果然，皇太极死后不久，拥戴豪格和拥戴多尔衮的双方就开始积极活动，进而由幕后转为公开。两黄旗大臣图尔格、索尼、图赖、锡翰等议立豪格，密谋良久，并找到济尔哈朗,谋求他的支持。而两白旗的阿济格和多铎也找到多尔衮,表示支持他即位,并告诉他不用害怕两黄旗大臣。双方活动频繁,气氛日益紧张,首先提出立豪格的图尔格下令让他的亲兵随时保持着弓上弦、刀出鞘的状态,护住家门,以防万一。另外,还有一条对多尔衮很不利的是,皇太极生前自领的两黄旗将士和多尔衮三兄弟所属的两白旗之间,关系不是很和谐,甚至可以说是很不和睦。因此,两黄旗的八位重臣特别不愿意看到多尔衮继位。

在如此复杂的局面下,我们的多尔衮会做出什么样的选择呢?几天来,多尔衮一直在思考,支持他和支持豪格的双方现在各不相让,形势极为紧张,清政权处在危急之中,随时有发生混战、发生内讧的危险。如果处理不得当,什么大清国,可能就是一个历史长河中的一个小小的浪花而已,就烟消云散了。他迟迟不答应多铎的提议,难道他不想当皇上吗?事实上,再没有比多尔衮更想当皇上的了,他太想当皇帝了,多少年前,那个皇上的位置就该他坐。但是多尔衮毕竟不是一般人,他除了是一名有着权力欲望的将士,更是一位久经沙场、老谋深算的政治家。他知道,我要当皇帝,但是绝对不能到了双方打起来的地步。

在这种实力分布中,支持多尔衮和支持豪格的双方无疑都感受到了形势的严峻和矛盾的不可调和性,都产生了观望、等待、随时可能产生变化的心理。多尔衮是个聪明的人,他心里非常清楚地知道,如果他不能控制掌握权力的欲望,强行继位,势必遭到很多人的反对,这对大清国的发展和他本人的威望,都是不利的。其惨淡的后果简直是无法预料的,这个由他的父兄、他的族人更是他自己浴血奋战之后获得的大好局面,很有可能像我国历史上那些迅猛崛起的游牧渔猎部族国家一样,经过反复自相残杀之后,飞快地烟消云散在那广阔无边的山野大漠之中。

皇太极刚刚离开人世,崇德八年(1643)九月二十六日,诸王大臣就在崇政殿集会,严肃地讨论皇位的继承问题。这个问题是否能和平解决,直接关系到八旗的安危和大清国的未来。两黄旗大臣已经迫不及待,他们一方面派人剑拔弩张,包围了崇政殿;另一方面拿着武器,煞有介事地闯入大殿,还没等人反应过来是怎么回事,就大声地喊:"我们坚决主张立皇太极的亲生儿子为皇帝,否则的话就是坏了规矩,会让其他人耻笑的!"多尔衮一看情况不妙,自然挺身而出,义正词严地说:"我看你们这样无法无天,才是坏了规矩!"闯进来的人被多尔衮喝退后,没多久,阿济格和多铎接着出来劝多尔衮即位,但多尔衮观察形势,没有立即答应。

多铎看这情况,一时也摸不透多尔衮的心思。但是多铎自幼讨厌豪格,是绝对不会支持豪格即位的,于是多铎转而又提代善为候选人。代善一听,这把火烧到了自己身上,作为历来以谨慎细心见长的大哥,他是绝对不想也绝对不会趟这浑水的,再说他都六十好几了,犯不着跟这些年轻人争位置,于是,代善连忙大摇其头,以"年老体衰、难以胜任"为充分理由,坚决拒绝了多铎的提议。情况一时陷入僵局。

随后,轮到代善表态的时候,他连自己的态度都弄不明白,一会提出让多尔衮即位,一会又提出让豪格即位,态度极其含糊,意见也模棱两可。豪格见自己不能顺利被通过,便以退席相威胁。两黄旗大臣也纷纷离座,按剑向前,表示:"如若不立皇帝之子,我们宁可死,从先帝于地下!"代善见这情况已经越来越不好了,连忙主张退出,阿济格也拼命想随他而去,主张改日再议。可是支持豪格和支持多尔衮的双方势力都不会善罢甘休,非要弄出个你死我活的架势。

最后,温和的代善不得不表示:"睿亲王多尔衮如果同意继位,当然是国家之福。既然他不愿意,就应该立皇子。豪格是皇长子,应该立他。"说到这里,多尔衮终于明白了代善的意思,说来说去,他心里还是不同意多尔衮当皇帝的,这句话仿佛不经意之间,便堵死了多尔衮的路。说来这个豪格也很有趣,代善明明给了他台阶下,他偏不知足,反而抢嘴说:"我福小德薄,不配担当大任。"然后,居然耍了脾气,第一个离开了。

气氛异常紧张。豪格原本想借着离开玩一回置之死地而后生,但多尔衮、多铎岂是那么没深沉的人?他玩的这一招,没吓着任何人。这时,两黄旗中反对多尔衮当皇帝而一心要拥戴皇子的大臣们佩剑上前,说:"我们这些人的生死早就交给了先帝皇太极,他对我们恩重如山。皇太极对我们的养育之恩与天同大。今天,要是不能立他的儿子为皇帝,我们宁愿跟随皇太极于地下,为他殉葬!"臣子殉葬可是件大事情,闹不好稳定的大好局面就要遭到破坏。多尔衮是断不敢拿江山的稳固来开玩笑的人。见此情形,一向没什么血性的代善只好选择逃避,他说:"我是皇帝的大哥,我老啦,皇帝在时,我都不参与国家大事,现在哪里还能过问这么大的事?你们别怪我,我先走一步。"说完,他就起身离开了。代善这个举动,可是开了个不好的头,多尔衮的哥哥阿济格见他的弟弟已经继位无望,留在这里还得被逼迫着表态,弄不好也是要有杀身之祸的,所以他也跟在代善后面走掉了。

这个时候,老谋深算的济尔哈朗说了一句话:"我看咱们这样吧,豪格和多尔衮都说不愿意为皇上,大家再怎么支持也无济于事,那他们两个人就发挥高风亮节。不当皇上照样可以为我们大清朝服务,不是吗?但是呢,大家的意思,我是明白了,现在看来,是非得立先皇的儿子了,先皇的儿子有八个,我看咱就立福临好不好?立 5 岁的福临好不好?睿亲王,您的意见呢?"

这个想法,可是非常奇特的,一向不多言不多语的济尔哈朗,能在如此紧张的时分,说出这样一个奇特的建议,是非常耐人寻味的。他为什么会有如此的举动呢?我们可以看到,他首先想到的是化险为夷,要拿出一个双方都认可的人来。那么双方都认可的人既不能是豪格也不能是多尔衮,提他们两个谁都不合适。现在提一个小孩,双方都能接受。在这所有的小孩当中,只有正宫妃子的孩子才有资格,也就是说只有是贵妃、妃子才有资格,庶妃、普通的侧妃不能算,就两个孩子啊,一个是庄妃的,一个是懿靖大贵妃的。懿靖大贵妃那个虽然说规格上比较高,但是这个做母亲的嫁过两个男人,立他的儿子当皇帝,传出去让人听着不好听。这一点就远远不如庄妃了,庄妃大玉儿可是自从12岁开始就一直跟了皇太极的,而且是皇太极最为宠信的。何况,大玉儿与多尔衮的关系也是非比寻常的,提她的儿子,双方能接受,蒙古人能接受,满洲人能接受,多尔衮更是会对此心存感激。(个中原委,我们后文再谈)所以,这是济尔哈朗的想法和如意算盘。他想,这个决议是他首先提出来的,一旦福临真的做了皇帝,大玉儿得感谢他,福临也得感谢他,因为有拥立之功,就算是提议被否决,他也不得罪多尔衮和豪格,反正是个孩子,他只不过表了态而已。他还没想到的是,这个决议,恰恰应了多尔衮的心思,说出了多尔衮内心的想法。

多尔衮其实这几天来反复思量,已经明确地感觉到立自己为帝已不可能。但是无论从哪个角度出发,他都绝对不会把这个皇位的继承权让给豪格。且不说现在的多尔衮已经不再是那个可以随意被人以"性命不保"相威胁的孩子了,就算是他多尔衮不想当这个皇上,也不会拱手让给能力和实力都不如他,而且和他也不是一条心的豪格。多尔衮早就主张立皇太极的幼子福临为帝,济尔哈朗的意见正中他的下怀。多尔衮之所以选中福临为帝,个中缘由一时很难说清。但是可以明确的是,多尔衮之所以选中福临,其中一个很重要的原因就是他年龄小,才 5 岁,很容易控制。要是豪格等皇子当了皇帝,有自己的思维自己的想法,怎么可能听他的?那多尔衮的政治愿望就难以实现了。另外,福临的母亲也就是非常著名的庄妃,她深得皇太极之宠,地位很高,选她的儿子当皇帝,各位大臣也不会有什么猜忌和抱怨,甚至可以说是符合皇太极的心愿。庄妃和多尔衮的私交也非常好,她的儿子做皇帝,对多尔衮来说是一件一石二鸟的好事,这个举动,更加提高了庄妃的地位,多尔衮的政治前途更有保障。

就这样,能干而又出色的多尔衮再一次与最高统治权擦身而过。可是这一次和上一次相比,已经有明显的不同。上一次,他是由于年纪小,有心无力,这一次,他是将目光放在了更为高远的地方。说大了,是为大清朝的安定和团结,是为了团结臣子的心,早一点打败明朝,统一江山,完成父亲努尔哈赤和兄长皇太极的心愿;说小一点,也是为了他自己的政治愿望和抱负可以得以施展。多尔衮已经不再是那个觉得皇帝的位置至高无上的小孩子了,在战争的考验下,他渐渐成熟了,现在的他懂得坐在那个位置上的人未必就是掌握

再次让位:舌战群雄,力保福临为帝

权力的人,空有一个虚名而没有实际的决策权对他来说已经没有吸引力了。随着他能力的壮大,他的野心也一日比一日大,统一满洲八旗、当皇帝,这只是最小的一个目标,消灭大明朝、统一整个中国,让后代万世都景仰他歌颂他,才是他作为铮铮男子真正的目标。目光敏锐、志向高远的多尔衮怎么可能冒着被臣子骂被后人唾弃的危险,而贪图一个虚位呢?

就这样,多尔衮以绝对的高姿态让出了皇帝之位。在这种情况下,由他来出任辅政一职自然是情理之中的必然之事。现在的这个局势实在让人说不出对多尔衮的一句不满。他推举了皇帝的亲儿子做接班人,两黄旗大臣的嘴就被堵上了,就算豪格心中不满意,他又能找出来个什么得体的理由?多尔衮以退为进,自己让了一步,既显示了高姿态,又得到了人心。但一个5岁的孩子怎么能做真正的皇帝呢?他一定需要一个位高权重的人来辅佐他。多尔衮正是此意。但他一人上台恐怕也难服众,如果他一个人辅佐小皇帝,那么他的野心岂不昭然若揭?所以一定要拉一个软弱的人下水,于是多尔衮想到了提出让福临即位的济尔哈朗。此人个性柔和,心计浅,比较好对付。况且,在皇太极死之前,多尔衮和济尔哈朗是皇太极晚年最信任、最重用的人,许多政务都由他们二人共同处理。他们二人辅佐福临,共同摄政、左右辅政,等到福临年长后归政于他,这个点子虽然大出众人所料,但左右衡量后,实在是最好不过的了。

多尔衮的提议,显然满足了多数人的意愿,立即获得通过。作为辅政王,作为实际掌权者之一,济尔哈朗没想到自己也沾了光,当然不会反对。大贝勒代善只求大局安稳,个人本无争位之念,对此方案也不表示异议。这样,这个妥协方案就为各方所接受了。决定既然已经做出,大家按照惯例共同盟誓,内容大同小异,无非是誓死效忠皇帝,绝无异心云云。

多尔衮的这个举动在后世看来是有着巨大的作用的,由此而形成的新的政治格局却对今后数年乃至数十年的政局有着巨大影响。事实上,在我国古代游牧渔猎部族中,许多分裂、仇杀与消亡都是在处理不好帝王更迭的情形之下发生的。和他们相比,多尔衮在当时的做法可能是顾全大局、防止内乱发生的唯一有效途径。毕竟,那时的大清国,已经在精神层面上潜移默化地发生了深刻变化。

回归多尔衮的内心,我想他的悲愤一定是无以复加的。他又想到了他的母亲阿巴亥,正值 37 岁盛年,为了保住他的性命,不得不给父亲殉葬。如若发生在现在,多尔衮一定不会让悲剧出现,可是那个时候,他有当皇帝的心却没有那个能力。现如今,皇太极死了,论威望、论战功、论能力,这个皇位就是给他准备的。老天爷待他还是很厚道的,夺走了他一个皇帝之位,又还给了他一个。但是现在,他有能力,却没有那个心了。他的心,现在被更高级的愿望占据着,多尔衮觉得,他再一次让母亲失望了。

从那之后，多尔衮与豪格变成了不共戴天的仇人。以前，他们两个人虽然并不亲密，但至少还是并肩作战的战友，如今，他们变成了真正的仇敌。在豪格看来，过去，仅仅因为多尔衮是叔父，所以领兵打仗时才会成为主帅，自己不得不屈居副手。如今，明明自己最有资格继承皇位，偏偏又被多尔衮搅了好事，不但皇位没有坐上，反而更要听从辅政王多尔衮的号令，就连那些曾经依附他的两黄旗大臣们，现在也纷纷倒向多尔衮。这口气令他实在难以下咽。不仅豪格不满，另外两个人也对这一结果感到非常不高兴，他们暗地里开始出来活动，试图推翻这个既成事实。这两个人一个是代善的儿子硕托，一个是萨哈廉的儿子即代善的孙子阿达礼。他们二人在诸王公贝勒已经对天盟誓，在小皇帝福临还没有举行登基仪式之时，动员大家推翻成议，拥戴多尔衮。结果，谁也没有想到的是，竟然是代善出面，告发自己的一子一孙违反誓约，最后，尽管多尔衮不是很舍得，毕竟在皇位争夺战中，二人是坚决站在他一边的，但是为了局势的稳定，多尔衮还是毫不容情地处死了他们。

就这样，十二天之后，福临即皇帝位。还不到六岁的福临在多尔衮的支持下做了皇帝。不论多尔衮主观意愿到底是什么，但他拥立福临的这个举动，在客观上避免了满洲贵族的公开分裂和混战，集中了实力，壮大了势力。两位辅政王济尔哈朗与多尔衮当众发誓要秉公辅佐皇帝。当时的誓言是——妄自尊大，漠视兄弟，不从众议，每事行私，以恩仇为轻重，则天诛地灭，令短折而死。大意就是：如果有一天，借辅佐幼帝的身份，为自己徇私，会短寿。世事难料，多尔衮最后死的时候不到四十岁，不知道是不是由于这个誓言？

总之，当时的一切举动，都充分地说明了：多尔衮的确称得上是一个伟大的人物。当情绪、情感因素充分发酵、膨胀到爆炸的临界点时，理智和理性的作用就必定微乎其微到几乎可以忽略不计了。这时，只有那些真正伟大的人物，方才可能运用理性，化解危机。多尔衮的表现让我们不得不赞叹。

第六章
一步之遥而又天涯
海角的爱情（上）

爱情,到底是什么？是给人幸福的秘籍,还是能要了人命的毒药？是万人之上的微微一笑,还是拱手送上江山的心甘情愿？是眼泪,还是悲歌？

古代的爱情,又是什么？良缘总是可遇不可求的,君主帝王、臣子百姓、英雄贫民、白衣布丁等等,在面对和遭遇这个问题的时候,都一样。以情结缘、终身相守,是每个人的梦想。在古代,有的人可以为了美人放弃江山,有的人可以为了爱情冲冠一怒,还有的人可以为了守护一个女人一个孩子接二连三地放弃自己的梦想。

"你,从天而降的你,落在我的马背上。如玉的模样,清水般的目光,一丝浅笑让我心发烫。你,头也不回的你,展开你一双翅膀,寻觅着方向,方向在前方,一声叹息将我一生变凉。你在那万人中央,感受到那万丈荣光,看不见你的眼睛,是否会藏着泪光？我没有那种力量,想忘也总不能忘。只等到漆黑夜晚,梦一回那曾经心爱的姑娘！"

这首让我们耳熟能详的《你》是电视连续剧《孝庄秘史》的主题曲,也大多被理解为从多尔衮的角度去描述他和庄妃大玉儿达到的感情最为贴切的一首音乐。在这首音乐的陪衬下,多尔衮和大玉儿之间的这种古代皇室之间的奇特爱情,让我们的灵魂为之震动。多尔衮在这样的爱情面前,作为即将攫取江山万里的戎马英雄,却可以奉上锦绣河山,为博得佳人永不舍予的凄美爱情。这种美的破灭,爱的不可复得,集聚了千万种人性、理想冲突,让我们的灵魂久久为之震荡。

近几年,历史学家们开始从人性的角度去考证二人之间的关系。认为当时,二人正处身强力壮,当值精力旺盛之年,青年男女,爱情勃发,也未必不可能。特别是在皇太极离开人世之后,大玉儿无人陪伴在她左右,爱上多尔衮既有心理需要,也有生理需求。而根据以往的史书记载,多尔衮生性好色,强占人妻,并要求朝鲜为其选取美貌女子,供他寻欢取乐。所以还有一种说法为:大玉儿虽居深宫,但她是深明大义的女人,肯定知道与此种男人有染,纵有一身理也说不清楚,何况又是自己的小叔子。名声一旦传出去,会造成对皇室不利的局面。纵是天大的胆子,也未必肯尝试这种冒险的行为。而广大的政治学家们则从另外一个侧面来考虑,多尔衮之于孝庄,肯定有很大的作用,是她为自己和儿子争权夺利的一个重要棋子。顺治对于多尔衮的诸种封赏,大多即是来自孝庄的主意。身为摄政王的多尔衮,对于皇位也有觊觎之心,位高权重,是当时孝庄母子无法撼动的巨石。对于孝庄而言,拉拢并利用多尔衮,才是关键所在。所以,至少在表面上,孝庄是有求于多尔衮的,她会施展各种技巧,来讨得多尔衮的欢心。

英雄志、儿女情，自古以来，就是最为摄人心魄的故事。多尔衮和大玉儿之间那一场一步之遥而又天涯海角的爱情，让我们为之揣摩又歌颂了这么多个世纪。

大玉儿，人如其名。果真有着如玉一般的容颜，她的名字其实叫"布木布泰"，但是人们通常都习惯称呼她为大玉儿。她出生于万历四十一年三月二十八日，她死于 1687 年，一生活了 75 岁。她不是满洲人，也不是汉族人，而是蒙古族人，出生于蒙古族的科尔沁部，父亲原来是蒙古科尔沁部一个首领，名叫贝勒塞桑。大玉儿在家排行老二，上有一个姐姐，叫海兰珠，这个姐姐很奇怪，居然在离婚之后嫁给了妹妹的丈夫——皇太极。大玉儿从小就非常得宠，不仅因为她长得漂亮，更因为她的性格非常开朗活泼，能文能武，在科尔沁部非常出名，被誉为——蒙古草原之花。

大玉儿，号称"满蒙第一美女"。就是满洲人和蒙古族人共同推举认可的第一美女。而多尔衮呢，也号称叫"满洲第一俊男"。现在民间流传一种说法，说多尔衮和大玉儿两个人之间，从小相识，可谓是儿时的玩伴，也就是我们通常所说的青梅竹马。虽然他们两个人的年纪相仿，多尔衮只比大玉儿大了一岁，但是我认为他们两个人之间并不是这样的一种关系。首先，在那个战乱的年代，两个部落之间虽然有联姻，大玉儿的姑姑是皇太极的大福晋，但是平常的走动并不是太多。另外，大玉儿决定嫁给皇太极的时候，她才 12 岁，多尔衮也才 13 岁，两个人之间在那之前并不可能发生太亲密的联系。所以,我宁愿相信,多尔衮和大玉儿的缘分,开始于大玉儿和皇太极结婚那日。那么,他们又是怎么样结婚的呢?

皇太极在年轻的时候特别喜欢私下里带着自己的亲信到处游山玩水,骑马射猎。有一天,皇太极在沈阳的皇宫实在是憋闷得太久了,于是带着几名侍卫偷偷地出宫打猎。由于心情大好,皇太极翻山越岭走了好久都不觉得累。来到一片茂密的森林后,皇太极发现那里的野兽非常多,他看中了一只大梅花鹿。他一直追着这只梅花鹿,穿过一片松林,绕过好几个山冈,来到了一望无际的大草原上。这里草长莺飞,美不胜收。突然一阵急促的马蹄声打乱了皇太极的沉醉,他定睛一看,一群背着弓箭、骑在马上的女孩子们环绕着一位少女,大家已经把她团团包围了。中间的那位首领一般的少女长得真是太漂亮了。她白净滋润的脸庞如同羊脂白玉一般,一双漆黑的眸子深深的,流露出万种风情。这个女孩子在蓝天白云的衬托下,像一朵盛开的鲜花。

这个又聪明、能文又能武的少女,就是大玉儿。她那一年12岁,已经出落成蒙古草原上最美丽最娇艳的花朵。她还有一个比她大两岁的姐姐,叫作海兰珠,姐妹俩因为出色而在草原上享有盛名,已经不知道被多少优秀的男人看中了。大玉儿她们家的门槛都要让提亲的人给踏破了,但是这两个小女子却生性爱玩,加上年龄也小,丝毫不为所动,谁也没有要嫁人的意思。可是,命运偏偏就是这么奇怪,姐妹两个人最后居然都阴差阳错地成了皇太极的女人。大玉儿和皇太极见面的第一天,这个心性高的女孩子只消一眼就喜欢上了眼前的这个身材魁梧、相貌堂堂的男人。

大玉儿佯装冷静,问皇太极:"你到底是谁?竟敢跑到我们草原上来?你来这里什么目的?"

皇太极忍俊不禁,30岁的他忽然也有了开玩笑的兴致。"我来找你玩呀!听说这片草原上有一朵特别美丽的鲜花,我就来碰碰运气,看能不能摘到。"一席话说的,让大玉儿玉脸飞红。"还敢油嘴滑舌?小心姑娘我的鞭子可不留情!"皇太极心想玩笑开得也不能太过分,连忙下马作揖,低声说:"姑娘,我可只告诉你我是谁,我是建州的四贝勒——皇太极!"

"呀!这可太好了!真没想到,咱们原来还是亲戚呢,我的姑姑博尔济吉特氏是不是你的福晋?"皇太极听到这个消息之后更是心花怒放,他之后的决定几乎是在那一秒钟之内完成的。他要得到这朵草原上的美丽的花!博尔济吉特氏性格温和贤惠,她是一定不会反对的。

就这样,1625年初,一支马队冒着严寒,风尘仆仆地开进了后金的都城。四贝勒皇太极的宅地里张灯结彩,礼炮隆隆,皇太极亲自迎接这支远道而来的队伍——年仅12岁的大玉儿在她的哥哥克善的陪同下,前来与皇太极正式完婚。大玉儿作为蒙古草原科尔沁部落的格格,出嫁也非同儿戏。她给皇太极带来了丰厚的嫁妆。不是别的,而是一支由八千人组成的科尔沁铁骑。这让当时做后金领袖的努尔哈赤非常高兴,他亲自率领众贝勒到离都城十里外的地方去迎接。然后大宴三天,以示完婚。

一见钟情:玉儿美貌俘获多尔衮

就在这样的一种情境下，多尔衮第一次见到了大玉儿。

冰天雪地间，大玉儿虽然裹在繁复沉重的礼服下，但她满身琳琅环佩，满头被金玉等饰物覆盖，乍一看去，就像落入凡间的精灵。这些都还是次要的，多尔衮也不是生在一般家庭，美丽的女孩子见的也多了。更为难得的是，大玉儿那一双晶莹机灵的眼睛和那什么也不畏惧的坦然微笑，一下子就把多尔衮吸引住了。平日里他见得最多的都是那些唯唯诺诺、文文弱弱的女子，身上没有一丝霸气。而大玉儿这朵草原的小花则非同凡响，她生在无垠的天地之间，从小就有一种无拘无束的性格，正是这种性格，深深地抓住了多尔衮。

命运再次给大玉儿开了玩笑。她在见到多尔衮的那一瞬间，灵魂，也得到了轻微的震颤。这就是所谓的一见钟情吧！也许有的人要问了，那不对啊，这个大玉儿不是刚刚才和多尔衮的哥哥皇太极一见钟情过吗？怎么这么快又钟情上了弟弟呢？这里我们必须要想到的是，大玉儿那一年才12岁，还是一个弄不清楚自己心理状况的年纪。纵然她身为格格，成熟早，但也同样养成了她骄纵的性情。在那个还不懂得真正的爱情是什么的年纪，我们每个人都很容易混淆爱和喜欢、拥有和占有的关系。大玉儿一定是觉得，一个男人英姿勃发、帅气逼人、骁勇善战，就是值得去爱的值得去崇拜的男人。殊不知，她要等到快将内心深处的感情都用尽的时候才明白，一个男人优秀和有权力，并不能成为她爱他的理由。

从大玉儿出现的那一瞬间开始，多尔衮的目光和心思一时一刻就没有离开过她。但是大玉儿并没有更多的爱的感觉。直到有一天，她才真正见识到了多尔衮那能杀了猛虎一般的勇猛和顽强，随着被深深地折服了。

　　大玉儿是在蒙古草原上长大的，她最大的爱好就是骑马射猎，到广阔的天地里去玩。有一天，她实在待得烦闷，就带着几名宫女和侍从到东山去打猎。她本来是看到了一只特别可爱的兔子，没想到她骑马追着兔子跑，追着追着就来到了一个林子深处。忽然地，从林子里跳出一头老虎来，直扑向大玉儿的马头。这时，宫女和侍从们都站在林子外，另外他们也很害怕，只有拼命地喊"救命"的份儿，根本没有人敢上前去打老虎。眼看着那只老虎已经马上就要抓到大玉儿的马蹄子了，那马受了惊，一声长嘶，如人一般地站立起来，大玉儿一个翻身就被摔下马来。正在这个万分危急的时刻，突然地，从林子深处冲出一个英武的少年，提着短刀，一下子就跳上了老虎背，揪住了老虎的脖子。老虎仰起头来，用无比凶恶的眼睛看着少年，少年丝毫不畏惧，抽出腰间的短刀，直接朝老虎的眼睛刺去。老虎自然是疼得嗷嗷大叫，屁股一撅，就把少年给掀了下来。大玉儿被眼前的阵势给吓蒙了，一时没反应过来。待她回过神来，只见这时，少年已经牢牢地被老虎压在身子底下不能动弹，性命难保。

　　"这个男子好眼熟，似乎在哪里见过。"大玉儿心想，这个少年是为了救我才这样的，我一定要竭尽全力救他。于是，想到这里，她连忙抽出身后背的弓箭，拉开弓，但是由于紧张，手心直冒汗，好不容易射出去了，还没打到老虎。大玉儿急得直跳脚，心想这下可坏了，要是少年为她丧了命，那可怎么办呀？"你可别死呀，你要是死了我也不活了呀！"心里才这么一想，心直口快的大玉儿就把这话给说了出来。

"你放心吧，我死不了！"只见这个少年不慌不忙地从腰间拔出短刀，镇定地在老虎肚子下面狠狠地扎了一刀，瞬间让老虎开了膛。老虎的惨叫声惊落了大玉儿手中的弓箭，大玉儿简直不敢相信自己眼前的一切，下意识地闭上了眼睛。等到她回过神来的时候，只见老虎已经倒在地下，鲜血汩汩地流出，而那个勇敢的少年正笑吟吟地站在她面前。

"谢谢你救了我，你可真勇敢。我觉得你很眼熟，是不是咱们曾经在哪里见过？"大玉儿问少年。

"嫂嫂可真健忘，我是多尔衮，你的十四弟呀！记得不？还是我跟着父汗把嫂嫂迎回来的呢！"原来，这个勇敢地救了大玉儿命的少年，就是多尔衮。这一次，大玉儿可是再也忘不了他了。

他们在林子里策马穿行，耳旁的微风和林间的鸟语，让他们心旷神怡。自从大玉儿嫁给皇太极之后，很久没有这样放松过了。她很自然地就对多尔衮敞开心扉："宫里实在是太没意思了，我天天觉得特别憋闷，没有什么事情可做。以前在蒙古草原的时候，我和小伙伴们天天策马扬鞭，打猎之后把战利品分给有需要的人。有的时候我们还在草原上生火烤肉，一边喝酒一边跳舞，别提有多快乐了！"多尔衮也难得有心情放松的时刻，他只要一见到大玉儿就觉得心里非常舒服。"我小的时候也常常和父汗去打猎，我的骑射技术在大金是最好的，你信不信？"依照多尔衮平常的性格，他是从来不在别人面前说这样的话的,但是不知道为什么,他特别愿意和大玉儿聊天,觉得她身上特有的女性魅力可以让他在紧张的情况下放松。

"要是没有刚才的事情,我肯定觉得你在吹牛,不过你刚才真的是太勇敢了,特别镇定,你不怕老虎吗?"

"我们男人,在战场上连敌人都不怕,还怕老虎吗?"

"多尔衮,你是真正的勇士! 我敬重你!"大玉儿在马上向多尔衮作揖,她那丝毫没有做作的表现和她那浑然天成的笑容,让多尔衮心里一阵阵暖。

"听说你们蒙古草原上到处都是敖包,敖包是什么意思啊? 我有几次从那里经过,看见好多人围在敖包的旁边,是在祈祷吗?"多尔衮问大玉儿。

"敖包,是蒙古草原上最壮丽的风景。我们蒙古的年轻男女常常选择在敖包前定终身,是爱情坚贞的象征。而且传说中,敖包非常灵验,你有什么愿望,都可以在敖包前许下,上苍的神会帮你完成心愿的。"很自然地,他们就谈起了蒙古,那一片让大玉儿心魂牵绕的土地。

多尔衮心里明白,这个才十几岁的女孩子肯定是想家了。她那么年轻就嫁给了皇太极,虽然有自己的姑姑作伴,但是因为年龄相差太多,肯定还是有差距的。"你怎么了? 我怎么觉得你不是很开心呢? 四哥四嫂待你不好吗?"多尔衮试探地问大玉儿。

"也不能说是不好,但是他们和我不一样。皇太极总是很忙的,我几乎见不到他。而姑姑呢,就是喜欢教我规矩,各种各样的规矩。我知道，姑姑是为了我好。怕我年纪小，不懂规矩，让人给欺负了。但是，我从小就不是一个喜欢守规矩的人。所以，难免会觉得很压抑！"大玉儿进宫有一段日子了，皇太极的大福晋出于保护她的目的，天天给她讲规矩和做人的方法。告诉她不可多话、不能随便相信别人、不能干涉皇太极的生活……这一切，都让成长于蒙古草原的大玉儿感觉到很不习惯。

"多尔衮，我觉得你们这里的人很奇怪，看起来都是放荡不羁的，结果全都是生活在条条框框里，其实，你觉得自己幸福吗？"大玉儿仰着脸，问多尔衮。他们的头顶上方，蓝天白云交相辉映，好不自在。

多尔衮策马向前。他没有直接回答大玉儿的问题。能让他怎么回答呢？幸福，似乎是一个非常遥远的词汇。他在见到大玉儿的那一个特定的时刻，感觉到了幸福。因为大玉儿身上所具有的乐观向上积极进取的气质，让他看到了生活的希望。然而在幸福感散去过后，多尔衮得到的，是更多的失望。毕竟，大玉儿是他的嫂子，是皇太极的侧福晋，是他一辈子也别想触碰到的女人。他只能远远地看着她，默默地保护着她，在所有人都不知道的前提下。就像现在，大玉儿丝毫都没考虑到，为什么在她遇到危险的时候，林子深处会突然从天而降一个多尔衮来？为什么不早不晚不远不近的，就是多尔衮出现在她生命遇到威胁的时刻，奋不顾身地救了她？为什么多尔衮能抛弃自己的性命，冒着被老虎吃掉的危险，铤而走险地搭救她？大玉儿因为紧张，一切都没考虑到。

就算我们的头顶真的有神灵,神灵也是要照顾每个人不同的需要的。多尔衮要不是每天都关心着大玉儿,打听她去什么地方,和什么人在一起,也不会有今天的这一幕了。

"哎,多尔衮,你为什么走得那么快呀?等我一会儿呀!"大玉儿抽了一下马屁股,追了上去。

"嫂子,既然你已经安全了,我就先走一步。咱们同时回宫,让人看见,我觉得不好。"多尔衮忽然间觉得内心十分伤感,头也不回地策马而去。留下大玉儿,呆呆地看着他的背影,一时弄不明白到底发生了什么。"多尔衮,有什么不好的呢?你等我一下吧!"

"对我倒没有什么不好,关键是对你不好!"多尔衮撇下这一句话,就骑着马,消失在扬起的灰尘中。虽然那时,他比大玉儿大不了多少,但敏感的心灵似乎已经察觉到一些脆弱的情绪,为了更好地保护大玉儿,他意识到自己是必须牺牲一些事情的。

从那之后,大玉儿与多尔衮之间的关系,似乎更近了一步。大玉儿从心里往外把多尔衮当作了自己的救命恩人,而多尔衮也似乎觉得和这个天上的女神之间,多了一份人间的心有灵犀。所以,从那以后,多尔衮经常到大玉儿的宫中去玩儿。他们在一起谈天说地,有的时候结伴出去打猎,好不愉快。在多尔衮心中,自从见到了大玉儿,他就已经认定了大玉儿就是他的人,只不过是暂时放在皇太极那里的。只要有一天自己继承了父汗的位置,就把大玉儿给要过来,或者再大不了,等到皇太极离开人世,他就可以光明正大地和大玉儿在一起,反正后金有这个"兄死弟娶其嫂"的习惯。那一年,正巧多尔衮的母亲再次得到了努尔哈赤的宠爱,多尔衮和多铎的地位也比以前提高了,加上朝廷中的人都在传言,说多尔衮是努尔哈赤选定的继承人,他的前途无可限量,多尔衮虽然自己一向行事谨慎,但心底里还是有一些喜悦的,如果一切都能按照他的计划行事,大玉儿早晚是他的女人。

大玉儿的性格中有一些很男孩子的地方,这也是她的姑姑对她感觉不太放心之所在。大玉儿其实自己也搞不明白她对多尔衮的复杂感情到底是什么,但是她就是直觉地知道她喜欢见到他,喜欢听他说话,和他一起出去打猎的时候很有安全感,要是连续几天见不到多尔衮,她会很想念他。但是,那一年大玉儿才13岁,她没有足够的能力来比较她对多尔衮和对皇太极的感情到底有什么区别。直到有一天,她的姑姑来看她的时候,她正在担心,为什么多尔衮已经连续好几日没来找她玩了。

大玉儿一个人非常无聊,在院子里闲逛。姑姑走进门的时候,她正在对着院子里的花花草草发呆。那时,时令已经接近中秋,空气里有微微的凉意。多尔衮、皇太极等人和努尔哈赤一起出外平定叛乱去了,家中所剩的女人们大多百无聊赖,一半放心不下前方的男人,一半又在算计着该怎么样让自己更漂亮一点,等男人们从前方战场上回来,好大聚一番。大玉儿年纪还太小,没有这样的心计,另外她似乎也还没适应宫中的生活,学不会和人争宠。她只是沉浸在自己的小世界里,时而想想家乡的父老乡亲,时而想想勇敢的多尔衮。

"大玉儿,你在想什么呢? 怎么一直在发呆呀? 姑姑进来,你也没看见呀?"大玉儿的姑姑博尔济吉特氏是皇太极的大福晋,也是后金宫中出了名的贤惠女子,她真的能做到凡事都以皇太极的意愿为自己的意愿,只要皇太极觉得高兴她就觉得高兴。这样的女子,在古代的宫廷中,其实是最为聪明的女人。她们不是没有自我,不是没有自己的想法,而是能够将自己的意愿自己的想法深深地埋藏在心底,等到适合的时机才显露和表达出来。当博尔济吉特氏听说皇太极要娶大玉儿的时候,其实她是受到了震撼也感觉到了担忧的。大玉儿比她小那么多,而且又是蒙古第一美女,她来到皇太极身边,自然会抢走皇太极对她的宠爱。女人,哪里有不吃醋的? 但是,她转念一想,大玉儿毕竟是她的亲戚,今后无论在什么样的情况下,只要大家不撕破了脸,这份亲戚的关系始终还是存在的,而且大玉儿生性善良,不会和她抢大福晋的位子,想来想去她在很短的时间内就想通了。反正皇太极始终都是要找女人的,找个自己认识的自己了解的总比一个陌生人要好。所以,在皇太极娶亲的问题上,博尔济吉特氏展现出了前所未有的宽宏大度,让很多贝勒们都交口称赞,连连说皇太极真有福气,大福晋是个这么懂事的女人。

大玉儿进宫后,博尔济吉特氏毫无保留地传授给她所有的规矩和应该注意的事项。她们两个人果真亲如一家,时常走动。最近,大玉儿神情恍惚、心事重重的样子她看在眼里,急在心上,正想找个机会和她好好谈谈呢。

"姑姑,你看,你又开我玩笑了。我能想什么?又没有什么国家大事值得我一想。我就是觉得最近院子里好像冷清了很多,大家都不找我来玩了。"大玉儿噘着嘴说,神色很是不快乐。

"大玉儿,你已经是结了婚嫁了人的人了,你明白吗?别说不能期待着有人来天天找你玩,就是想一想都是不可以的。我们这些女人,所该做的,就是等待。你应该和我一样,等着皇太极,想着皇太极。他如果忙,身体不好,没有时间,我们就只能理解。再也不能想和其他人玩耍的事情了,知道吗?"做姑姑的算是苦口婆心了,年届三十,在感情上已经历尽沧桑的她比任何人都知道,付出去的感情如果收不回来,将会对女人造成很多不必要的伤害。

"姑姑,我没有别的意思,也没想到其他更多的。你不知道这院子里有多冷清,多尔衮来的时候,几个人有说有笑的,他还愿意给我讲讲外面的世界都发生了什么,正在发生什么,以后可能会发生什么。多尔衮不来,我觉得自己好像就被周围的一切都给抛弃了。"大玉儿的眼睛里,有数不尽的落寞。

"大玉儿,你知道吗?你现在的状态很危险。一方面,你的心太野了,总是想知道一些女人没有必要知道的事情。另外一方面,即使你真的很想走出这个院子,你也不能依靠多尔衮呀,你完全可以依靠你的丈夫皇太极啊!尽管多尔衮的年纪比你大,但是他到底是你的弟弟,你是他的嫂子呀!"博尔济吉特氏原本觉得大玉儿只是耐不住寂寞,想找个人排解

113

孤独的情绪而已。今天听她这么一说,反而觉得问题非常严重。看来多尔衮和大玉儿的感情已经不是一天两天了。

"姑姑,我不知道该不该对你说。可是我除了能对你说,还能对谁说?近来我总觉得,皇太极不喜欢我,我也不喜欢他。他不了解我的喜好,我也时常听不懂他在说什么,我们之间简直无法沟通,我控制不住地在想,我和他之间的婚姻,也许就是个错误!"大玉儿静静地看着她的姑姑,一字一句地毫不隐瞒地说了出来。仿佛,她也是在那一个瞬间,第一次看到了自己的内心。

大玉儿的一番话深深地刺激了博尔济吉特氏,她一时间找不到适合的语言来劝说大玉儿。在那个动乱的年代,有哪一个女人,敢说自己的婚姻不成功呢?就算是真的不成功,又能有什么办法呢?谁不都是这样一步一步熬过来的呢?想了很久,她拉着大玉儿的手,走进房间,沏上一杯茶,苦口婆心地说:"孩子,这就是女人的命,我们每个人都是一样的。以后,等你怀上孩子,生下他,有了孩子,一切问题就都解决了。我们就可以把所有的时间都用在照顾孩子上,然后期待着他长大,光宗耀祖,就够了。"

大玉儿不再说话了,但这并不代表她就认同了姑姑的话。难道母凭子贵是唯一的出路吗?难道说,她的命运就真的已经决定了吗?大玉儿不甘心。让她怎么能甘心呢?她才十几岁呀。明明人生才刚刚开始,怎么可能就从此之后过上了一日不如一日的生活呢?大玉儿还是想到了多尔衮,她说不出道理究竟是什么,但是她就是顽强地相信,多尔衮是一个能够被她信赖甚至帮助她改变命运的人。

大玉儿暗暗下了决心,那时的决心虽然有些盲目,不过的确成为她唯一的希望。

那次出征回来之后,多尔衮抑制不住内心的想念,在第一时间内来看大玉儿。他知道皇太极一定是首先要去博尔济吉特氏的寝宫的,所以他正好趁这个时间来到大玉儿的院子。午后的宫苑,非常安静。宫女们都在打瞌睡,大玉儿似乎也睡得很熟。宫女们见到多尔衮走进来,很想通报一声,但是都被多尔衮制止了。他悄悄地对宫女们说:"我来看看嫂子,你们都出去吧。没什么事情,不要进来,我们说一点话。"宫女们原本就知道多尔衮和大玉儿的关系好,再加上可以偷懒休息,她们是非常高兴的。就这样,房间里只剩下满腔思念无处发泄的多尔衮和熟睡的大玉儿。

多尔衮站在床榻前,静静地目不转睛地看着大玉儿。她长长的睫毛即使是在睡梦中也仿佛是忽闪忽闪的两只小蝴蝶,她大大的眼睛微微地闭着,如同两枚躺月,她柔嫩的面颊因为熟睡而呈现出比平日里更为深沉的红晕,虽然天气已经有点凉了,但是大玉儿由于闭不出户,所以还是穿着很薄的衣服。盖在大玉儿身上的锦缎被子轻轻地滑落了下去,露出她白皙如玉的肌肤。看着看着,多尔衮就心神恍惚了。他浑身感觉到了燥热,身上也开始不安静了,他试探性地伸出了手,轻轻地沿着大玉儿的脖子、肩膀、手臂……一路抚摩下去,无法停止。

大玉儿只是一径地沉沉睡去,仿佛什么也不知道,毫无察觉。或者,她已经早就察觉到了,只是她的心不愿意醒来,这对于她来说,是做了好久的一场美梦,终于实现了。

多尔衮再也无法控制自己了。他猛地压了上去,将自己化成锦缎的被子,覆盖住大玉儿的躯体,伏上来,压下去……"哗啦!"床榻似乎也承受不住两个人的激情,塌陷了下去。然而疯狂的男人在那时根本顾不了那些,甚至没等到女人翻身坐起,就一把按住大玉儿继续做刚才做的事情。

大玉儿这个时候应该说是完全清醒了,但是她仿佛死了一样,紧紧地闭着眼睛,一动也不动,任凭多尔衮为所欲为。这是一段压抑了很长时间的情感,终于得到了全面的爆发。过了一会儿,等风暴停息了之后,大玉儿仍然不睁开眼睛,只是静静地流下了两滴热泪。眼泪中,有说不尽的委屈。多尔衮细心地将这两滴泪吮去,抱起大玉儿,将她放在屋内的床上。然后,悄悄地离开了。从始至终,他们两个人没有说过一句话,仿佛一切尽在不言中。

多尔衮和大玉儿的感情,尽管受到了重重的限制和阻挠,依然全面地爆发了。原来,这个世界上,连权力和欲望都能控制的多尔衮,就无法控制自己内心深处真实的感情。这个铮铮铁骨的男子汉,心里居然有着异样的柔情万种。

这层关系,多尔衮和大玉儿谁都没和谁挑破。事情过去后,他们一如既往地见面,有的时候还相约着到郊外去散步,到林子里去打猎,只是,在只有彼此的时候,眼神中多了一份交流。大玉儿还有一个妹妹,由于长得和她非常像,所以人们都称呼她为小玉儿,但是二人虽然容貌像,气质上却有很大差异。小玉儿没有大玉儿的那份落落大方,反而很是娇纵任性。那一阵子,小玉儿和姐姐住在一起,时常见到多尔衮,渐渐地就喜欢上了他。天真的小玉儿把自己的心事告诉了姐姐,希望姐姐能够出面为二人做媒。大玉儿当然是满心的舍不得,可是又没有适合的拒绝理由。正在她万般无奈的时候,多尔衮渐渐感觉到了大玉儿的不快乐,时常关切地问:"你最近这是怎么了?为什么一见到我就皱紧眉头呢?"大玉儿真是一肚子的辛酸不知道该怎么排解。

第七章
一步之遥而又天涯海角的爱情（下）

1626年,对于多尔衮来说是一个无比悲惨的年头。他在那一年,失去了太多生命中最重要的东西。他失去了父亲、母亲,也失去了继承人的位置。一时间,他万念俱灰。

在百般悲痛之下,他来到了大玉儿的院子。大玉儿那天不在,她那时一直跟着姑姑忙活着皇太极登基的事情,虽然她的心里也很放不下多尔衮,但所能做的只是派人去看望多尔衮,给他送点好吃的和慰问的话而已。多尔衮明明是来找大玉儿的,但没找着,只看到了院子里的小玉儿。小玉儿自然是非常高兴的,上来就拉着多尔衮说话。多尔衮整个人似乎都憔悴了,面孔塌陷,眼神无光,胡须横生,在憔悴里更显男儿本色。小玉儿心疼地说:"多尔衮,你别难过了。事情总会过去的。我想,你的额娘也不希望看到你现在这个样子呀!"

女人家的温存是治疗男人的良药。何况小玉儿长得又十分像多尔衮的心上人大玉儿。多尔衮在极度的伤心里不能自拔,便错把小玉儿当成了大玉儿,扎在她的怀里伤心痛哭起来。恰巧这时,大玉儿回来了,撞见这一幕,她虽然心如刀割,也不便更多打扰,又静静地退了出去。那日晚,大玉儿叫来小玉儿,认真地看着她,问:"你和我说过,你喜欢多尔衮。那时的多尔衮,意气风发,很可能成为汗位的继承人。现在多尔衮的样子你已经看到了,你告诉姐姐,你还喜欢他吗?还想嫁给他吗?"小玉儿听姐姐问这个,一点女孩子的矜持也顾不得了,马上说:"当然想了,我怎么会不想呢?我想嫁的就是这个人,我会对他比以前更好的。姐姐你今天下午都没看着,多尔衮可可怜了。我看他实在是需要一个人照顾,就让我来照顾他吧!你明天和姑姑、姑父说一下,好不好?"

经历了多尔衮汗位被夺、皇太极登基等大事的大玉儿,已经不再是那个会为了爱情抛弃一切的简单的女孩子了。她比任何人都更知道多尔衮心里的苦,她也比任何人都更能安慰多尔衮的苦,但是现在,残酷的事实摆在面前,她的男人皇太极现在是九五之尊,是绝对不会允许这样的背叛的。如果她的妹妹能代替她照顾多尔衮,从那之后大玉儿反而能借姐妹走动的机会常常见到他,常常关心他,也未尝不是一件好事。想到这里,虽然夜已经很深了,她还是走出自己的院子,来到多尔衮门前。

多尔衮的灯光只是虚设,伤心的男人无助地坐在院子里,仰望着头顶的皎皎明月。第一次,他觉得上苍仿佛是在开他的玩笑,头顶的明月如同一只明亮的眼睛,明明看到了世间的真相,为什么不出来给他多尔衮做主呢?正在这时,他看见大玉儿向他走来,空气中飘来一股幽香。许久,他们只是在月光下静静地互相看着对方,仿佛应该说点什么,话到嘴边又觉得一切都不必再说了。大玉儿张开怀抱,拥住了多尔衮,只是轻轻地拍着他壮硕的后背,贴着他的耳朵说:"哭出来吧,孩子,你哭出来会好受很多。"那一夜,从不放声大哭的多尔衮终于在大玉儿的怀抱里解脱了。他高声地哭泣着,凄厉的哭声穿透了宁静的夜。天上的皎皎明月似乎也感染到了悲情的气氛,出神地看着这一对男女,看着这一步之遥却有千里之差的皇权,一步之遥而又天涯海角的爱情。

很久很久,多尔衮终于平静了。大玉儿试探着问:"你,喜欢小玉儿吗?"多尔衮在她的怀里轻轻地战栗,回答说:"我喜欢玉儿。如果大玉儿不能让我喜欢,小玉儿……是不是也是玉儿?"大玉儿的泪洒在了心里。她坚强地回答说:"你已经失去了太多,我不能再冒着让你失去生命的危险,去赌一场没有结果的爱情。你要知道,大玉儿始终是你的玉儿。我现在做的这个选择,也是为了你好!"听她这么一说,多尔衮只有闭口不说话了。逃?多尔衮无数次地想要带着大玉儿逃跑,可是他们能逃到哪里去呢?天下之大,容不得两个相爱的人。"多尔衮,既然这样,那我回去找个适合的时间把你和小玉儿的事情向姑姑说了吧。毕竟是件好事,只要这'好'能略微冲淡你心里的悲伤,我,也就没白白大方一场。"

临走的时候,大玉儿转过头,死死地看着多尔衮。这个曾经是她的私有物品的男人,现在,终于要开始他自己的生活了。她的心里有万千的舍不得,可是舍不得又能如何?终是要舍的,她现在只求,这一切的舍,会换来得的那一天。曾经，是多尔衮一厢情愿地把大玉儿当成了自己的女人，从那一天开始，大玉儿也下定了决心。皇太极能不顾兄弟之情抢了多尔衮的皇帝之位，她也就能不顾姐妹之情再次占有她妹妹的男人。不仅如此，她还要通过自己的努力还给多尔衮一片江山。大玉儿本来就不是一般的女子，她不仅是蒙古草原上最美丽的女人，还是心怀天下的女人。从那一天起，这个女孩子似乎突然间就长大了，她正在向着自己的目标一步一步迈进。

皇太极沉浸在即位之后无比的喜悦里，他得到了江山，又得到了美人，他现在觉得全世界的幸福都集中在他一个人的身上，他就是那个上苍选定的人。一天晚上，皇太极来到大玉儿的寝宫，只见大玉儿打扮得花枝招展，身上散发出一阵阵让人心旌摇荡的香气。皇太极眯着眼睛，微笑着问："今天什么事情，让你这么高兴呀？"大玉儿娇嗔地说："小女子当然是为您感到高兴了。同时也为自己感到高兴，真没想到，小女子的命这么好，嫁了个这么能干的丈夫！"大玉儿的一席话说得皇太极心花怒放。他一把搂住大玉儿，温存起来。过后，大玉儿赖在皇太极的怀抱里，轻声细语地说："大汗，小女子近来有一事相求，不知道当讲不当讲？"皇太极还沉浸在刚才的喜悦里，闭着眼睛说："现在有什么不当讲的？天下都是我的，我的就是你的，你想要什么，尽管开口。""只要大汗平安，我什么都不想要。只是我的妹妹小玉儿，天天在我的院子里待着，也不是那么回事呀。况且她现在年纪也不小了，我当初嫁给大汗的时候，才 12 岁呀。她现在都已经 15 岁

了,我想托大汗给找个好人家!""我当是什么事儿呢! 这可
是好事情呀! 那姑娘长得跟你可真像,连我都有点喜欢了。
找个人家是不成问题的,不过我的玉儿从来不求我什么事
的,这事看来似乎也不太简单。是不是你那聪明的妹妹已经
看上谁了,碍于女孩子的面子不好说出口,想借我嘴一
说呀?"

　　夜深人静。大玉儿躺在皇太极的怀里,想着另外一个男
人,而且她现在正在将自己喜欢的男人介绍出去,这情境,怎
一个辛酸了得?! "看大汗说的,好像玉儿心机有多么重似
的。其实无非是多尔衮和小玉儿近来经常在一起玩,你也知
道,小孩子家的,玩着玩着就玩出了感情,小玉儿看上了你的
弟弟,我看多尔衮近来也总到我的院子里来,估计也是心里
很有些想法的,咱们不如就来个顺水推舟得了。"皇太极一听
到多尔衮的名字,还是暗暗打了个寒战。近来他做了很多对
不起多尔衮的事情,那个孩子眼睛里坚毅的神色曾经让他不
寒而栗。

　　"我怎么就没想到这些呢? 多尔衮刚刚失去了额娘,正
是难过伤心的时候,给他找个可以说话可以安慰他的女人,
倒是件功德无量的事情! 还是玉儿你想得周到呀!"皇太极
当时丝毫没加怀疑就同意了。而且心里还暗自高兴,如果可
以借此机会达到笼络多尔衮的目的,岂不正好解除了他自己
的后顾之忧! "玉儿,这件事情你就放心吧。明天我就告诉
你的姑姑,让她出面来撮合这段好事!"说完这番话后,皇太
极转过头去,没多少工夫,就睡着了。大玉儿愣愣地在床上

躺了好久,随着心灵温度的下降,身体也渐渐转成冰凉。两行热泪,顺颊而下。后来,她挣扎着起身,走到梳妆台跟前坐下。月光从窗外流淌进来,她借着幽暗的光看着自己倒影在铜镜中的脸,神情是如此的空虚、悲哀与落寞。"多尔衮,我们就这样分开了吗?难道,我真的是用自己的手,把你推给了别人吗?你能明白我内心的苦楚吗?"大玉儿反复地无声地问着自己,她突然间深刻地意识到,在这样一个男权的社会里,在皇帝面前,她自己只是一个附属品。她要是想有一日和多尔衮幸福地生活在一起,就必须让自己的手中握有权力。只有她或者多尔衮的手中掌握了至高无上的权力,他们两个人才可能过上他们曾经憧憬过的生活。

就这样,多尔衮和小玉儿的婚事就这样定下来了。等到多尔衮16岁的时候,正式完婚。此后,多尔衮和大玉儿的关系慢慢转到地下,而多尔衮同样也把更多的精力都投注在了辅佐皇太极南征北战之中,渐渐获得了很高的威望。

可是这世上根本就没有不透风的墙。再说,多尔衮和大玉儿两个人都正当壮年,情愫萌动时期,彼此对于感情的要求十分强烈。小玉儿虽然长得像大玉儿,但是举止行为简直千差万别,而且她也十分不解风情,总之多尔衮在娶了她之后就没怎么碰过她。小玉儿刚开始的时候还不知道是怎么回事,只是觉得很奇怪而已。慢慢地,宫里人多嘴杂,多尔衮又总是趁皇太极不在的时候,往大玉儿的房间里钻。渐渐地,小玉儿也就明白了几分。她是满心醋意不好意思发作,再加上感觉到多尔衮对自己的冷落,就把所有的不满全都发泄在大玉儿身上。做姐姐的自知理亏,从不辩解,任凭小玉儿如何撒泼耍赖,大玉儿也不说一句话。小玉儿只好到姑姑那里去告状。

"姑姑,你知道吗?多尔衮说不回家就不回家,时常一连七八天我都看不见他。很担心他,又不知道去了哪里,结果几次三番,我见不着多尔衮,你猜谁能见到?"关于多尔衮和大玉儿的事,博尔济吉特氏也略微有所耳闻,但她是做大妃的人,当初连皇太极动心想娶大玉儿,她都没有一句怨言,这种小辈之间的恩怨,她自然是很能看得开的。"孩子,你以后想说这样的话,只能和我来说,千万不可自己降低了身份,到处去抱怨。你以为你是在出气,在侮辱多尔衮和那个能经常见到他的人吗?不是的,孩子,你错了!你只能侮辱你自己,降低你自己的身份!我不想知道谁能经常见到多尔衮,这个跟我没关系。""姑姑你这样说就不对了,你现在是大妃,后宫的事情都归你管。难道你就准备看着他们这样闹,扰乱了后宫的秩序吗?"小玉儿一听没人准备给她撑腰,也急坏了,未加思索就冲口而出。

"孩子,你这话说的可就真是过分了。我念在你年龄还小,不跟你一般见识。我的后宫现在怎么乱了?是哪里乱了?谁说它乱了,没人管了?这话要是传到大汗那里,好像我天天吃闲饭什么事情都不做一样。我倒是劝你不要一天到晚疑神疑鬼的,别说多尔衮不喜欢,就连我,是个女人,我也不喜欢有个人天天在我跟前猜测这个猜疑那个。我看你还是好好回去反省一下自己,学学该怎么留住男人的心吧!"

小玉儿告状不成反倒惹来一身事端，她心里实在难消这口气。

偏偏这天，肃亲王豪格有事情要来找他的叔叔多尔衮，来到睿亲王府，只见到小玉儿一个人在那里生闷气，并没见到多尔衮的踪影。仔细打听了一下才知道，多尔衮已经有六天没回家了。"婶母，叔叔有这么多天没回府，您也没四处打听一下呀？"豪格凑近前，问小玉儿。小玉儿正满怀怒气没地方发泄呢，见到豪格后也不顾辈分大小，不顾言语检点，冷笑一声之后说道："你叔叔的踪影还用问？我不用大脑只用脚趾头就能想到，他不住在我们府中，自然是上宫里去了。我的那个好姐姐和你的那个好叔叔现在正乐着呢，哪里还顾得了别人的死活？"多尔衮和大玉儿的事情豪格心里早就十分清楚，他本来就对多尔衮仗着叔叔的辈分平常欺负他很有意见，努力地想找个机会在父亲面前好好告多尔衮一状。现在正巧来了机会，便就势劝说小玉儿，想让她进宫找机会把这件事情闹大。"既然知道叔叔在宫里，婶母何不找个机会进宫去问问他呢，也好放心。"小玉儿说道："就凭我这个性格，能不去找吗？但是宫里的人好像全都得了你叔叔的好处，问谁谁都说你叔叔不在。我要闯进去，宫女们一个接一个地拦我，用你阿玛的名号吓我，说什么：'万岁爷留下圣旨，如无召唤，任何人不准擅自进宫！'我这几天正生着气，豪格，你今天既然来了，必须替婶母拿个主意，要不我真的是要活活地让人给欺负死了！"

小玉儿边说边流泪，一副梨花带雨的样子让豪格心下里也生出几分怜惜。他当下把胸脯一拍,斩钉截铁地说:"婶母放心! 这一次我的阿玛回来,我非要把这件事情跟他汇报一下! 我相信阿玛一定会维持正义的。你近日来不要进宫去了,只需要耐着性子等我的消息就好,千万不能扛不住气,你要是现在把这件事情声张出去,让叔叔知道了,有所防备,反而事情就难办了!"小玉儿原本就是个没什么心计的女流之辈,到处找人给她撑腰给她做主。现在一听说豪格愿意帮她的忙,自然是非常放心。她连连感谢豪格,并告诉他一定会按照他所说的去做。小玉儿丝毫没有考虑到这件事情一旦让皇太极知道后会有什么后果,只是一心想着一定要把多尔衮从大玉儿身边拉回来。

不久,皇太极回宫,豪格在第一时间内就把这件事情一五一十地告诉给了皇太极。他听了豪格的话之后,怒不可遏。他现在是高高在上的皇上,怎么可能戴着自己弟弟送给他的绿帽子见人? 但是,皇太极毕竟是个城府很深的人,他迅速地冷静下来。他强迫着自己压抑住内心汹涌而出的愤怒情绪,脑海中闪过大玉儿的各种各样的神情——娇憨的、温柔的、愁苦的、沉默的……皇太极原本以为,这个从来不要求他做任何事情的女人生来就是善解人意的,就是没有任何要求甘心等待他的眷顾的。直到这一刻他才明白过来,大玉儿不在意名位、不在意赏赐,甚至不在意他多久来看她一次,她的所有不在意,原来都指向一个最为根本的问题——大玉儿不在意他,她的心里没有他。仔细想来,大玉儿从来没有在皇太极面前流露出任何属于女人的情绪,她不嫉妒,不争取,不生气,甚至不要求,只是因为,她把自己藏起来了,藏到多尔衮的心里去了,有多尔衮爱她了解她,她根本不需要皇太极!

这口气,皇太极咽得下去吗?他思前想后,来到大玉儿的宫中。那时,大玉儿面露桃色,似乎刚刚从一场激动的缠绵中清醒过来。大玉儿坦然地迎接着皇太极的目光,并没有丝毫的悔意。

"你知道我为什么来吗?"皇太极问。

"我不知道我想得对不对。"

"我来,是告诉你,我是一个天生的征服者,只可以我抢别人的东西,没有人可以拿走我的东西。"皇太极勉强压抑愤怒的情绪,眼睛里似乎都冒出了火。

"既然对于您来说,我已经是东西了,我也没什么好问的。您愿意怎么安置这个东西,就怎么安置吧!"大玉儿的眼睛里看不出一点伤心。皇太极在那时仿佛第一次明白了什么是"女人的狠"。原来是真的,不爱,就无所谓变,变心的,都是曾经有心的人。

几乎是在同一时间,多尔衮问小玉儿:"我听说了一些事情,我不想确定这些事情是不是你说出去的,我不在乎。我今天告诉你,就算全世界都知道这件事情了,我也不在乎。你明白了吗?"小玉儿本想着皇太极知道了多尔衮和大玉儿的事,一定会狠狠地处理他们,没想到事情并非她和豪格所愿。当事的这三个人似乎都以平静收场,让他们着实好等。"多尔衮,你是我的男人,总往别的女人那里跑,是什么意思?

她可以给你什么是我给不了的吗？"小玉儿如同失去了控制一般，死命地拽着多尔衮。"好，你想听是吗？我就告诉你！从来，你就是个影子，我之所以娶你，只不过是因为你长得很像她而已。没想到你自己不安分，认不清你影子的身份，到处给我惹是生非，就凭你这么不懂事，你就差远了。有什么是你给不了的？你就想想，你给过我什么？你除了会要好吃的好穿的好用的，你除了缠着我闹着我非要和我在一起，你给过我什么？你知道我在前方拼死拼活地打仗，心里有多害怕吗？你知道我面对皇太极，内心的情绪有多复杂吗？你知道我额娘殉葬之后，我每天晚上都会梦到她吗？你口口声声地说我是你的男人，你关心过我吗？"

多尔衮的一席话如同头顶炸开的惊雷，让小玉儿不知所措。她忽然觉得，自己做女人做得真是很失败。这一刻，她重重地摔了过去。她是输了，不是输给一个影子的身份，而是输给一个真正强大的女人。那一夜，多尔衮仍旧是出去了，小玉儿不知道他去了哪里，第一次，她也不想知道他去了哪里。她忽然可怜起多尔衮来了，她恍恍惚惚地觉得，多尔衮娶了她这个影子，果真是很失败的事情，因为她做影子都做得不称职。她就这样反反复复地想了一夜，想到死也没想明白。

第二天一早，侍女们到小玉儿的房间里去侍候她起床，没想到都被吓了一跳。大家都没看到多尔衮，只见到小玉儿直挺挺地躺在床上，七窍流血，身体已经冰凉了，她早就已经死了。所有人都不知道小玉儿是怎么死的，连宫中最好的大

妹妹猝死:小玉儿香消玉殒

夫也无法弄明白。这一死，死得可真是太蹊跷了。在小玉儿的葬礼上，多尔衮表现得十分悲伤，他命令两白旗牛录、章京以上的官员和他们的妻子必须都穿上白色的丧服，其他六旗的牛录、章京以上的官员都要摘去红头缨。外面都在流传着说睿亲王的福晋是让鬼上了身，得了一场不能治愈的急病，一口气没上来就死了。很少有人知道，这个女人，是让自己嫉妒的心魔给害死的。

小玉儿的葬礼上，多尔衮和大玉儿都哭得十分悲伤。皇太极冷眼看着这一切，他知道他们两个人在哭什么。现在，连影子都死了，他们的感情还能发展到哪一步呢？皇太极倒是很有兴趣看一看，事情到底会演变成什么样。

可是这个兴趣并没有持续很长时间。因为，在这个时候，又有一个特别的女子出现了，她就是大玉儿的姐姐——海兰珠。皇太极在历史上算得上是一个武功盖世、驰骋疆场的皇帝，可是他也有自己的儿女情长。大玉儿对他的不爱，和他对大玉儿姑姑的倦怠，其实两相抵消了，没有一个男人会用很长的时间去恨一个女人，尤其对于像皇太极这样的男人来说，他太明白：花时间和精力在一个不爱他的女人身上，是非常不值得的，他有本事寻找一个，既爱他也被他爱的女人。海兰珠就是这样一个女人。

海兰珠在入宫之前已经结过一次婚了，她嫁给了蒙古的一个小王子，之后那个人因为吃喝嫖赌落下一身病，年纪轻轻的就离开人世。大玉儿的这个姐姐万万没有想到，自己都已经 26 岁了，命里还能有这样的福气，一眼就被皇太极看中了，封为宸妃，位置居然排在大玉儿之前。可见，皇太极还是记了仇的，庄妃，也就是大玉儿，进宫的时间很早，可是排名一直都在后边，好在她沉浸在与多尔衮的爱情里，也不是很在意。

皇太极的后宫中，其实佳丽无数。大玉儿的姑姑虽然年近四十，但是风韵犹存，她身上的那一种母仪天下的风度，最为难得。大玉儿英姿勃发，仿佛落入凡间的精灵。皇太极究竟看上了海兰珠什么呢？想来就是她身上自然散发出来的那种需要被人保护的柔弱和真心需要皇太极的那种亲切。作为女人，大玉儿和她的姑姑都太强大了，在她们那里，皇太极感受不到自己作为男人的尊严，海兰珠恰恰填补了这个空缺，她身无长物，不具备任何攻击力，她全心全意地依赖着皇太极，皇太极就是她的天。

正因为如此，多尔衮和大玉儿的感情才没有受到严重的阻挠。皇太极沉浸在自己的爱情里，对周遭的一切似乎都不太在意了。我们有理由相信，这个征战了一生的马上帝王，他内心深处原谅了大玉儿的不忠，也原谅了多尔衮的情不自禁。他，原谅了爱情。上苍待他也很厚道，让他在五十余岁的年纪，还能找到一份属于自己的爱情，他也就知足了。海兰珠后来由于失去了自己的儿子，而郁郁寡欢，没享受几天的幸福，就撒手而去。皇太极当时正在征战，因为没有见到他心爱的海兰珠最后一眼，也是一直愧疚在心，没过多少时日，也离开了人世。

1643 年，江山变色。多尔衮和大玉儿，面临着权力与感情的双重抉择。皇太极离开后,大玉儿一直在反复思量自己的命运。早在她和多尔衮的事情东窗事发被皇太极察觉之后,她就已经慢慢地开始学会在复杂的后宫里独善其身,好好保护自己了。她和多尔衮复杂的关系已经被很多人了解,现在,皇太极的突然离去,到底是给他们提供了一个良好的机会,还是从今以后她和多尔衮的命运又面临着更深层次的考验,她一时间也看不清楚。

她正在自己的宫中反复思量的时候,多尔衮走了进来。大玉儿起身迎道:"睿亲王此刻来得正巧,我正有事情想与你商量。"多尔衮看着忧虑中的大玉儿,心下里一疼,轻声地说:"玉儿,你心里在想什么,我多少能猜出个七八分来。我此刻前来,正是想与你商量今后该怎么办。"大玉儿看着多尔衮,这个曾经在很多个孤寂寒冷的夜温暖过她的男人,一时间竟然不知道该怎么开口求助。"宫中有一些人在传说,你要继承皇帝之位,此事当真?"多尔衮此时也正在挣扎于到底应该不应该即位的问题,一方面他对政治权力有要求,而另外一方面他也深深地明白,现在朝廷的稳定和朝中大臣的齐心合力是最重要的,要是大家一直要求皇太极的亲生儿子继承皇位,他也断然不会白白错失了这个机会。

"关于即位的事情,我仔细想过了。一定要见机行事。我绝对不会违逆大多数人的意见,这么多年了,我对这个位置,已经没有当初那么迫切了。现在我看出来了,一些大臣们很支持立皇太极的儿子为帝。但是,我绝对不会容许豪格做皇帝,万一争执不下,我将提出立你的儿子福临为皇帝。

玉儿,你意下如何?"多尔衮此次前来,正是要与大玉儿商量这件事情。他其实早就已经想好了,要是自己能顺利地坐上这个位置,就娶了大玉儿。如果不能,他就要拼尽全力保障大玉儿的儿子做皇帝,他再也不忍心看到大玉儿和她的孩子因为没有人照顾而落得像他的母亲一样的下场。

"让福临当皇帝?"这可大大地出乎大玉儿的意料之外,她不由得浑身一惊。"福临才六岁不到呀,他什么事都不懂得呢,怎么能料理国家大事呢? 再说,在他之前,还有那么多个又有战功又有威望的哥哥,多尔衮,你的这个建议实在是让我摸不着头脑。""玉儿,你在这个问题上怎么这么迟钝呢?让福临即位,一来可以显示我多尔衮大仁大义、并无谋权篡位的野心,反而一心为了朝廷考虑。二来也可以保护你和福临,提高你的位置,从此之后看谁还敢欺负你们孤儿寡母。三来呢,我主张立福临为帝,福临是豪格的亲弟弟,我谅他也说不出个'不'字来。至于福临还小,难以当政,就更不成问题了。 由我来提出让福临做皇帝,我自然会辅佐他。到那时,大权不就落在你我手中了嘛! 你还有什么不放心的呢?"多尔衮说完这番话后,暗自为自己的计算周到而高兴,大玉儿也真心诚意地感觉到了多尔衮对他们母子的好,心下里好生感激。两个人缠绵了一阵子之后,多尔衮回到自己的宫中,既然已经做出了决定,那么他就把所有的希望都押在了福临身上,押在了他爱的这个女人身上。

如果说,曾经有人怀疑多尔衮对大玉儿的感情不过是一桩笑谈的话,到这里,也该结束了。不要江山要美人,多尔衮真正做到了这一点，甚至比这个还要崇高一些。他只求美人母子平安。为了博得大玉儿的幸福，他宁愿拱手奉送上江山。人的一生，总要在一件事情上达成永恒。多尔衮，这个戎马一生的男人，出乎所有人的意料之外，他最后选择了守住爱情的永恒。就为了这一点，他值得我们所有现代人学习，而在福临即位之后，多尔衮竭尽所能地辅佐他，平定叛乱，稳固江山，终于迎来了大清的全面振兴。多尔衮和大玉儿的爱情，也在江山稳固中一日比一日更为升华了。

　　有几分努力就能获得多少收获，花费多少心血就能得到多少回报。皇位争夺战的结果令多尔衮和大玉儿大喜过望，他们终于安全了。上苍让有情人得到了甘甜的回报。多尔衮和大玉儿在福临身上寄托了无数的希望，他们给他起了一个响亮的年号——顺治。顺，意为顺利；治，意为治理。顺治、顺治，顺利治国之意。这个时候，多尔衮已经做好了准备，无论付出多少心力，一定要安心辅佐大玉儿的孩子，改变现在的烽火连城、流民遍野的局面，帮助他打下江山，获得最高的荣耀。作为母亲的大玉儿也把所有的希望寄托在了儿子身上，她觉得自己多年的忍耐终于有所回报，她再也不用担心皇太极因为宠爱海兰珠而无视自己的屈辱，再也不用害怕皇太极有一天要惩罚她和多尔衮了。

　　多尔衮，用他的大度和爱情，保护了大玉儿。然而，他们万万没有想到的是，顺治小皇帝将来长大之后会反戈一击。

　　多年来，"太后下嫁多尔衮"是不是事实这一问题几乎成为历史学家最为感兴趣的话题。到底是大玉儿为了取悦多尔衮,委曲下嫁,以求自己和儿子的地位稳固呢?还是多尔衮想依仗权势,把美貌的大玉儿据为己有,然后再自己寻找机会,登上皇帝宝座呢?又或者是,本身顺治皇帝就是多尔衮和大玉儿的孩子呢?总之,猜测很多,无法一一说清。有人说,在皇太极死后,大玉儿为了辅助年幼的顺治皇帝,拴住多尔衮的心,嫁给了摄政王多尔衮。据说,这次婚礼大典是由礼部等衙门操办,极为隆重,文武百官都前来祝贺。我个人认为,此事的可信程度不高。一来二人如若想过要以这样的方式定下终身,何必冒天下之大不韪?两个人的感情本来就不是建立在人人交口称赞的前提下的,真正有情谊,何必一纸认可?二来顺治皇帝年龄尚且幼小,做母亲的大玉儿自是事事都以孩子为重,怎么可能将自己刚刚登上皇帝之位的儿子置之于不顾?如果可能,她就不是让后人千古传颂的大玉儿了。至于顺治皇帝成年后对死后的多尔衮的种种不公正做法,姑且可以算作被控制了很久的孩子一旦寻找到了适合的机会便要报复的不理智行为。

事实上,清兵入关之后,多铎几次三番地劝解多尔衮,让他称帝,都被他婉言谢绝了。多铎和哥哥的感情非常好,又是性情中人,每次说话都非常直接。他曾经好几次对多尔衮放声大喊:"现在,你一看见玉姐姐,就什么都忘记了。说到最后,咱们的阿玛死的时候,还有四哥皇太极死的时候,两次,皇帝的宝座,都是给你留的,你偏偏不要。早晚你是要后悔的。"

多尔衮究竟有没有后悔呢?当他在生命的最后时分,一个人孤单地躺倒在群雄逐鹿的拼杀场上时,当一切的爱恨情仇伴随着烈马的一声嘶鸣在九天之外化为缕缕残云时,他究竟有没有后悔过呢? 在这样的一个时代,他爱上了这样的一个女人,有多少是真心,有多少是利用,他究竟算计过没有呢? 多尔衮和大玉儿之间,一再地苦痛迟疑,一再地往复循环,一再地擦肩而过,他们实在是经历了岁岁年年的蹉跎和太久太多的犹豫,结合,已经是不可能了。命运悄然已将他二人青丝化雪,变作了一对名利场上的牺牲品。好在,他们,还有爱情。

第八章

辅佐顺治
大战山海关

1643年,6岁的福临即位,改年号为顺治元年,取顺利治国之意。睿亲王多尔衮和郑亲王济尔哈朗共同辅政,称:摄政王。实际上,济尔哈朗仅仅管一些细枝末节的小事儿,大权掌握在多尔衮手中。他作为摄政王,实际上是当时中央政权的最高统治者。多尔衮在辅政之后,采取了一系列的治国措施,使清朝迅速地强大起来。

成为摄政王之后,多尔衮召集贝勒大臣们开了一个会,会议的重大决定是——从摄政王开始,所有亲王、贝勒、贝子"悉罢部务",不再分管政府六部事务。所有政府工作全部由各部尚书负责,各部尚书直接对摄政王负责。当年,皇太极设立政府六部,本来就有削夺诸王贝勒权限的意思,并曾经有过悉罢诸王贝勒分管部务之举。后来,随着皇太极权位的巩固而渐渐放松了控制。和多尔衮同属摄政王地位的济尔哈朗,也是一个聪明人。他明白自己的实力和多尔衮比起来根本是九牛一毛,所以他只简单辅政了短短一个月时间,便寻找机会召集大家开会,宣布:今后一切政府事务都要先报告多尔衮,排名顺序也要先写多尔衮。从此,济尔哈朗成了一位挂名辅政王爷。和代善一样,济尔哈朗深谙明哲保身的精华所在,所以他能成为前清时期最高层中能够得以善终的很少几个人之一。到这里,多尔衮再次使用这一招儿,意图仍然在于削夺诸王贝勒们的权限,使他们只能"议政",而不能"干政"。这样,多尔衮等于是掌握了所有的生杀决策大权。

另外,豪格在新皇帝即位以后,一直对多尔衮心怀芥蒂,他们的矛盾没有消除。在这种情况之下,多尔衮在收拾瓦解了豪格手下这八个大臣之后,为了自己的利益,开始对豪格下手。其实,以多尔衮的性格,没有必要非要对豪格怎么样,关键是豪格对这个叔叔很不满意,又没有拿出男子汉的气概来,他总是在背后说多尔衮的坏话,扰乱军心,这让多尔衮非常难以接受。

豪格先是到处去说:"我最近一直在研究面相学,开始学着看汉人的相书了,我现在也会相面了,我一看,这多尔衮是个命短福薄之人,他肯定活不长久。"有人把这话告诉了多尔衮,大度的多尔衮只是笑笑,没做什么追究。一个习惯了用实在的本事去闯荡天下的男人,怎么会在意这些流言蜚语?然而豪格并没有把多尔衮的宽恕当作不与他计较的表现,反而得了便宜还卖乖,他见多尔衮没有生气,又继续到处散布谣言。他接下来到处对人说:"我认为,多尔衮他这个人不应该当辅政王。我还看了看这个破法,怎么破呢?他啊,什么都别当,大官小官都别当,好饭也别吃,就在家吃粗茶淡饭,就能活长久。要是现在这样下去,指不定哪天就得死。"这些话可惹恼了多尔衮。给你机会你不珍惜,反而火上浇油,散布谣言扰乱军心,这个举动已经不再是小孩子不懂事的程度了,多尔衮实在忍无可忍了,于是下令派人把豪格叫来,认真地问他:"有人告诉我,这些话是你说的,豪格,我虽然是你的叔叔,辈分长你一辈,但你我年龄相当,曾经好多次一起战斗过,我当你是自己的亲弟兄。你说这些话,实在是太不顾及八旗的团结了。你的阿玛刚刚离去,你的弟弟刚刚即位,朝廷还没稳定呢,你就到处说这样的事情,你怎么能做这种事,是不是你说的?""是啊,是我说的,就是我说的,你能怎样吧?都是大丈夫,那你说怎么办?"多尔衮怒不可遏,腾地一下子从椅子上站起,走到豪格面前,直视他的双眼:"给你机会你不要,看你现在的态度仍然是不知悔改的,你到底想怎样?"豪格本来就对多尔衮心怀仇恨,也不是好惹的,他要赖一般地说:"多尔衮,你不用假惺惺的,你不就想把我弄死吗,我就自杀完了,给我一把刀我自杀,也算了了你的心愿。这回你可厉害了,拔了眼中钉、肉中刺,天下都是你的了!"这句话着实激怒了多尔衮,他也无比庄严地说:"这可是你说的,大丈夫,自己说话算数,诸位大臣有什么意见?"代善说:"该杀!"济尔哈朗说:"该杀!"阿济格和多铎等人都说:"该杀!"最后,所有的大臣都说:"该杀!"事已至此,豪格才想起来后悔。他本来是想靠激怒多尔衮来报一下心头之恨,没想到短短几天,朝中上下真的全都成了多尔衮的人,没有一个人帮他搭腔。他骑虎难下,就在真的准备自杀的时候,会场上冒出一小孩来,奶声奶气地说:"我哥哥要死我也死,你们当皇上得了,这皇上我还不干了。"原来,6岁的小皇上出来了,一句"你要杀我哥哥,你先杀掉我"让豪格感动万分,也救了豪格的命。豪格赶快借着这个梯子就下了,连连地说:"有皇上一句话,将来我肝脑涂地,我再不说死的事。多尔衮,我以后再不跟你较劲,我就为我这弟弟,就为他这么懂事。"就这样,顺治小皇帝凭着自己的哭闹,算是保住了哥哥豪格的性命,但是被废为普通人。此后,豪格真的对多尔衮是百依百顺。就这样,不过半年的时间,多尔衮就当上了真正意义上的第一摄政王。此时,再加上多铎,再加上阿济格的支持,这个时候的多尔衮,我们说成了名副其实的摄政王。

毕竟,多尔衮和那些简单鲁莽的满族权贵不同,他有勇有谋,能统一中原,平定江山,需要更多的是知识。多尔衮深知将来要夺取内地,和汉族人打交道,光靠打家劫舍的武力不行,还要依靠熟悉中原风土人情的汉族谋士。多尔衮当了摄政王不到两个月,就发生了他最亲的弟弟多铎阴谋抢夺汉族大学士范文程妻子的事情。多铎和多尔衮的感情非常好,从多铎五岁时开始,就一直依附在多尔衮身边,直到长大成人。因此,平日最受多尔衮的疼爱。

事情是这样的,多铎见范文程的妻子非常漂亮,动了邪念,想抢占她为妻子,于是便经常派人到范文程家周围观察动静,弄得范家日夜担忧,恐慌不安。多尔衮听到这件事,十分生气,马上派人把多铎叫来,当着满朝王公贵族和文臣武将的面严厉斥责了他,命令他上交两千两白银和十五个牛录的兵力(一牛录为三百人)作为惩罚。多铎虽然心里不服气,但是却不敢不听哥哥的话,他知道多尔衮所说的所做的都是有一定的道理的,于是他只有乖乖受罚。就这样,平时受到满族权贵欺凌的汉族大臣见摄政王不避亲贵,重重处罚了多铎,从心底里释去疑虑和怨愤,从此更加尽心竭力地为清朝出谋划策了。范文程当即上书朝廷,分析关内的形势,请求严申军纪,笼络人心,进兵中原,同农民军争夺天下。多尔衮觉得有理,便拿定主意,率领军队向通往中原的门户山海关出发了。

就在多尔衮集中精力处理内部矛盾的时候,明朝后院起火。那一年的十一月,李自成农民军攻破潼关,占领了西安,然后分兵攻打汉中、榆林、甘肃,在年底以前已据有西北全境,以及河南中、西部和湖广的数十府县。另一支农民军在张献忠率领下,转战湘赣鄂数省,亦给明廷以重创。而在关外,多尔衮一待政权稳固,并于九月派济尔哈朗和阿济格等率军出征,攻克明朝关外据点中后所、前屯卫、中前所,割断宁远与山海关的联系。明朝内外交困,已经无力抵御。在新的一年到来之际,李自成农民军和清军一南一北,都距明朝政治中心北京数百里之遥,究竟谁能逐鹿得手呢?

公元 1644 年春,历史的天平开始向农民军倾斜。三月中,农民军便包围了北京城。多尔衮虽然试图与农民军协同作战,但并没有什么结果,直到明朝崇祯帝急诏宁远守将吴三桂回师勤王,才知道已经失去了这么一大片的疆土。原来李自成率农民军进入北京后,就接管了明朝的政权。他亲自召见将官和耆老,又派人到黄河流域各地去建立地方政权,甚至准备开科取士,筹备即位典礼了。在财政赋税方面,他下令让所有的农民实行"三年免征"。这样,百姓固然受益,可是,维持军队和政府的庞大开支,就要靠没收明朝国库里的钱财和对曾经的明朝官僚和他们的亲戚追赃。大将刘宗敏和李过主持"北饷镇抚司",把明朝三品以上的官员,一律发往各营追赃助饷,不服者就拷打上刑,对四品以下的官员则让他们自动捐银助饷,然后授职录用。本来,大多数官僚地主虽然心里勉强,但是还以为是一般的改朝换代,只要恭顺,便可保住功名富贵。不料,小官要捐银,大官要追赃,于是,官僚地主阶级都怀着疯狂的仇恨,转为与农民军对抗了。李自成等领导人,因为胜利也被冲昏了头脑,几乎忘记了东北关外还有虎视眈眈的清军。在一些农民官兵中,贪图钱财追求享乐的思想也有所滋生,严重影响了部队的战斗力。

李自成进京后,也看到吴三桂的重要作用,就命人带着四万两犒师银和他父亲吴襄的劝降信,许诺父子封侯,劝他投降。吴三桂接到信后,以为从此可以跻身新贵,就决计投降,带着兵马入京朝见李自成。不料走到半路上,府中的大总管来边关报信,说他父亲吴襄被人勒索二十万两白银,又说他的爱妾陈圆圆被刘宗敏夺了去,还说农民军放火烧了他家的宅院。吴三桂一听,肺都要气炸了,马上翻脸变卦,返回了山海关。为了报私仇,他派人去见多尔衮,请求合兵攻打农民军。

一直作壁上观的多尔衮一直在等待着他,多尔衮一听到这个消息,喜出望外,马上写信给吴三桂,答应出兵,并告诉他降清可以封王。吴三桂果然投降了清朝。就这样,历史的偶然性使吴三桂扮演了一个举足轻重的角色。他在山海关首先接受了李自成的招降,由唐通接管了山海关,然后率兵朝见李自成。但他走到玉田时,得知自己的私人利益遭到损害,便"翻然复走山海关",击走唐通,背叛了李自成。至此,历史的天平又开始向清方偏倒。

原来,在李自成和吴三桂纠缠不清的时候,摄政王多尔衮已经清醒地意识到实现努尔哈赤和皇太极遗志的时机到了。在吴三桂刚刚叛归山海关之时,内院大学士范文程就已经上书多尔衮,认为"如秦失其鹿,楚汉逐之,是我非与明朝争,实与流寇争也"。主张趁这个混乱的时机,清朝应该立即出兵进取中原。他提出,"战必胜,攻必取,贼不如我;顺民心,招百姓,我不如贼",因此要一改以往的屠戮抢掠政策,"严禁军卒,秋毫无犯"。即不仅在战略上改变得城不守之策,要入主中原,在战术上也要招揽民心。多尔衮接受了范文程的建议,并在得到北京为农民军攻破的确报之后,"急聚兵马而行",与农民军争夺天下!

恰巧这时,吴三桂已派出使者向清军求援,使者于十五日便见到了多尔衮,向他递交了吴三桂的信函,表示如清兵支援,则"将裂土以酬"。他的意思已经很明显了,就是在这个时候,多尔衮如果和他联手,吴三桂愿意拱手奉献出江山。多尔衮知道这是一个千载难逢的机会,但他非常谨慎,一方面召集大臣谋士们商议,一方面派人回沈阳调兵,再一方面故意延缓进军速度,逼迫吴三桂以降清的条件就范。由于事态紧急,吴三桂只得答应多尔衮的要求,好让清军尽快入关,因为二十一日清军还距关十里,而关内炮声隆隆,喊杀阵阵,农民军已经开始攻城了。

多尔衮是聪明人,非常了解吴三桂的窘境,因此长时间地作壁上观,在李自成即将攻下东西罗城和北翼城,吴三桂几次派人又亲自杀出重围向他求救的情况下,估计双方实力已大损,这才发兵进入山海关。在与农民军的决战中,他又使吴军首先上阵,在双方精疲力竭之际再令八旗军冲击,结果农民军战败,迅速退回北京(参见山海关之战)。可以说,在山海关以西发生的这次著名战役前后,多尔衮充分利用了汉族内部的阶级矛盾,挟制了吴三桂,使他不得不充当清军入主中原的马前卒。

决战那一日,李自成和吴三桂约好,双方进行展开决定命运的一战。那天一开始,农民军以威武的气势把吴三桂的人马包围起来,占了上风。然而,早就埋伏好的清军突然掩杀过来。农民军猝不及防,乱了阵脚,败下阵来。李自成这才知道吴三桂已经投降了清朝,要引着清军入关了。

李自成连夜返回京城。他深知敌我力量对比对农民军不利,决定退出京城,做长期抗清的准备。四月二十九日,李自成在武英殿登基称帝,国号大顺。第二天早晨就率领军队撤出北京,退回他的发祥地陕西去了。两天以后,清军浩浩荡荡地开到了北京城下。

北京城里的明朝文官武将听到消息,连忙出城迎接。他们走出离城门五里地以外,跪在大道两旁,不顾千军万马扬起的尘土，不住地磕着响头。多尔衮命令明朝官员在前面带路，从朝阳门经正阳门进入皇宫。进城之后，多尔衮在武英殿升座。他看了一眼那些恭恭敬敬的明朝官员，说："我，我们大清军是仁义之师，这次进关杀贼，是为了替你们报君父之仇。"说罢，他又对身边的清朝王公大臣们说："传我的命令，诸将进城，不许闯入民宅，对百姓要秋毫不犯，违令者严加惩办！"过了几天，多尔衮又装模作样地为崇祯皇帝发丧，表示自己不会跟明朝的官僚地主们为敌。

消息传开，那些为逃避农民军躲到城外的地主和官僚们，也都高高兴兴地回到家里，按满族人的习惯剃了头发，留起辫子，迎接清军。

就这样，多尔衮实现了努尔哈赤和皇太极多年的夙愿，占领北京。他决定立刻迁都北京。可是有不少满族官员留恋东北故土，反对迁都。

这一天，他们又在朝堂上发生了争论，一些大臣对多尔衮说："王爷，不如留军队在这里驻守，大军还是班师凯旋吧！"多尔衮沉吟片刻，严肃地说："先皇（指皇太极）在世时曾经说过，如果得到北京，马上迁都，以图进取，况且现在人心未定，不可轻易放弃北京。"在这样一个直接关系到清朝在全国统治能否建立和保持住的战略问题上，多尔衮的态度非常坚定。多尔衮力排众议，明确宣布——建都北京！他特别派出人马拿着自己的亲笔信笺去迎接顺治小皇帝。如此破釜沉舟的决心，只为了一个宏伟的目的——统一中国。这是多尔衮内心深处最大的梦想了。

这一年十月，顺治皇帝从盛京来到北京。多尔衮用小皇帝的名义发布诏书,宣布以北京为首都。从此,清国从偏居东北的小朝廷,成为统治全国的大清帝国。多尔衮为这件事立了大功,被封为叔父摄政王。多尔衮当了皇叔父摄政王,权力更大了。他的理想也就一步一步地实现了。

由此可见,多尔衮不是不爱江山。只是他比一般人要宽容一些,他明白:帝位易取,江山难求,二者只能选一样,于是他选择了后者。作为一个优秀的男人,他的生命里有太多的抉择,小则关系到他和兄弟们的荣辱与身家性命,大则关系到整个满洲族的兴衰成败。皇太极走了,大志未竟,那时多尔衮可以称帝,但他退求其次拥立了年幼的福临,自己为辅政王。他的箭只有射向敌人,不会为了帝位射向自己的亲族。正是因为他对这片江山爱得深切,他才更不能使父兄的基业毁于一旦。于是降三桂、破山海、克北京,最后力排众议,迁都北京,以图进取,他完成了统一大业的第一步。入主北京后他大刀阔斧地推行仁政:礼葬崇祯、招抚明臣、解放军卒、废除弊政、整顿吏治、祭拜孔子、开科取士……他小心翼翼地试图驾驭汉族,像驯服他的烈马一样,他恩威并施地驯服了汉族。千秋功业比帝位来得更痛快、更实在,更能满足他的抱负。

他心怀天下,满洲整体的利益和清朝的统治与帝王这个虚名孰轻孰重,他能分清。作为统治者,这种胸襟实为罕见。他知道大清还没有坐稳江山,如果急于名位造成族内分裂、内耗,从而给李自成等人可乘之机,必然引起社会动荡、人心不定、江山不稳,那么他得了帝位又有何价值?当时清朝虽然占据北京,但南有朱由崧,西有李自成,川有张献忠,不算各地不断出现的小范围兵变，累加起来的兵力也有二三百万，而清军倾全国之力也不超过二十万，满族总人口只占全国人口的1%。这时的清朝统治极不稳定，鹿死谁手，尚未可知。江山重于帝位，唯有齐心协力方能成就千古大业。反观南明各个朱姓朝廷还在争夺正统，为了残破的政权打内战，李自成、张献忠之辈更不会想到联合起来抗击外族，他们的鄙俗在多尔衮浩瀚的胸怀面前无地自容，以致被清军以风卷残云之势逐个击破最终统一了天下。多尔衮在他的一生中都没有称帝，失去了两次机会，但是毋庸置疑，他是爱新觉罗家族真正君临天下的第一人！

话说回来，山海关战役后，李自成慌忙退出北京，撤到山陕一带休整力量，以图再举。多尔衮则乘胜占领了北京，接受明朝遗老们的拥戴。从此，历史又翻开了新的一页。

在不到一年里，多尔衮为清朝立下了两件大功：一是拥戴福临，巩固了新的统治秩序；二是山海关之战中运筹帷幄，击败了农民军，占领了北京城，开启了清皇朝入主中原的历史一页。特别是他占领北京之后，严禁抢掠，停止剃发，为明崇祯帝朱由检发丧，博得了汉族士绅的好感，然后迎请顺治小皇帝赴京登基，很快稳定了占领区内的形势。这些功绩，在顺治元年开国大典上全部都得到了表彰，不仅给他树碑立传，还赐他大量金银牲畜和衣物，并封他为叔父摄政王，确立了他不同于其他任何王公贵族的显赫地位。

多尔衮在占领北京之后的第二个月就派人祭孔，同时提倡忠孝节义，把关羽作为忠君的最高典范来加以崇拜。多尔衮所做的所有这些行为都是在安抚明朝的统治阶级，同时在

乘胜追击:多尔衮占领北京

整肃收编的残余军队。事实证明,这些办法确实起到了笼络明朝士大夫、安定民心的作用。在顺治小皇帝来到北京之后,多尔衮以小皇帝的名义正式发布诏书,宣布以北京作为首都。从此,清朝,从偏居东北的一个小小朝廷,成了统治全国的大清帝国。从此,清王朝真正实现了把统治中心从关外转移到关内的目标,在统一全国的道路上又迈出了新的一步!

李自成退入山陕之后,原来明朝的官兵便纷纷离开了他,他渐渐被孤立了。但是他仍然不死心,积极准备反攻,坐镇平阳(今山西临汾),分兵三路北伐。与此同时,还有一支农民军在张献忠的率领下,也自立了山头,在成都建了大西国,统一了全川,而多尔衮当时似乎对这件事情不太知情。除此之外,明朝的一些残余势力已开始纷纷启动,拥戴福王朱由崧为帝,定都于南京,改年号为弘光。虽然明朝残余势力建立的政权非常昏庸无能,但他们毕竟手中还拥有着中国南部的半壁富庶江山,兵多粮足,也同样构成多尔衮试图统一中国的障碍之一。

以武力统一全国是多尔衮入关之后的既定方针,但是他面对实际情况,认真估计了一下:清军入关时,满洲、蒙古、汉军八旗,总共加起来不到二十万人。在这样的情况下,清军要在辽阔的中国腹地同多位对手作战,兵力不足,并且非常容易顾此失彼,很可能陷入腹背受敌的残酷境地,多尔衮审时度势,一直在努力制定适合的全国统一的作战部署。冷静的多尔衮经过仔细分析,最后确定的战略是:对农民军的主要力量坚决消灭,其中对地方小股起义、"土贼"则剿抚并用;

而对南明政权则是"先礼后兵"。在这一方针的指引下，多尔衮先后派叶臣、石廷柱、巴哈纳、马国柱、吴惟华等进攻山西，十月攻陷太原，进而包围陕西。同时，多尔衮一直试图给弘光政权以一种错觉，好像清朝随时准备同南明搞南北分治，让他们错误地以为多尔衮的目标是只打农民军，而不再进攻江南。于是，南明政权果真放松了对清朝的警惕，不但不抵抗清兵，反而派出了使臣，带着大量的金银绸缎，到北京与清朝谈判，幻想着效法着宋朝的做法，以每年提供银子为条件，向清朝求和。但是，多尔衮的目的是全国统一，这一切对南明的举措不过是他的缓兵之计。于是，他下令将南明派来北京谈判的左懋第使团软禁起来，并不给予明确的答复，借此拖延时间。随着军事上不断取得进展，北京的状态日趋稳固，多尔衮便对南明亮出了自己的真面目，他写信给南明的史可法，响亮地提出"削号归藩"。他说："如果你们不听我的，那便是表明了你们的态度，要与我们大清朝为敌。毕竟，一个天是容不得两个太阳的！"就在此时，清军已经占领山东，并筹划着进攻占据苏北，与史可法的军队沿河相峙。在这种形势下，多尔衮认为全面进攻农民军和南明政权的时机已经成熟，便于十月先后命阿济格和多铎率军出征，向农民军和南明福王政权发起了战略总攻。

可是，实际情况并非多尔衮所愿。就当时双方力量对比而言，多尔衮过高地估计了自己的实力。由于他双管齐下，本来不多的兵力却分兵作战，兵分则势弱，容易被分别吃掉；况且此举很容易引起汉民族的同仇敌忾，使他们暂释前嫌，有可能携手作战。就在这年十月，大顺农民军二万余人进攻河南怀庆，获得大胜。败报传来，给多尔衮猛然敲了警钟。他立即认清了形势，下令让多铎暂时停止南下的步伐，改由山东入河南，与北面的阿济格军对陕西形成前后夹击之势。

之后，多铎率领清军在潼关与大顺的军队连续激战了数月，最后重创了大顺的军队，获得了胜利。之后，多铎的部队一路所向披靡，又攻占了西安。这两次战役的成功充分证明了多尔衮的举措是正确的，他从此坚定了自己的打法，改变了在战略上以往的那种"两个拳头打人"的方针，而开始集中优势兵力，以"各个击破"的方针获得战争的胜利。顺治二年（1645）的二月，农民军连战失利，五月，由阿济格率领的清军在追击大顺军的时候，来到湖北的通山县，在这场战役中李自成在九宫山遇害。这时多铎率领的军队已经攻克了扬州，著名明朝将领史可法也殉难了。扬州城经历了空前的灾难，清军在多铎的命令下开展了大规模的屠杀，这就是历史上非常有名的"扬州十日"。接着，清军渡长江，弘光政权本来就没什么本事，一听说清军的部队如此勇猛，不战而溃。于是，南京不战而克，朱由崧被俘，弘光政权也正式宣布灭亡，弘光政权的大批文武官员宣布投降，清军在这场战役中还收获了二十多万军队，储备了足够的力量向南方各省继续进军！

清朝的军队占领南京之后，多尔衮下令要在最快的时间内将自己的统治扩展到长江中、下游地区。也许是这一连串的胜利来得太快，不禁让多尔衮有些喜出望外。他以为天下就此平定了，江山的统一也就在眼前了。五月底，他已对大学士们表示要重行剃发之制，六月初，正式向全国发布剃发令。这好像是一根导火索,一下点燃了各地的抗清烽火。这个举措显然有些操之过急了,多尔衮下令让在外的清军强迫人民剃发,激起了江南人民的强烈反抗,清军继续统一南方的行动一度受到了挫折。

本来,清军南下就打破了南明官绅"联清抗闯"的迷梦,鲁王政权、唐王政权已纷纷建立起来,这一个剃发令则更激化了民族矛盾,使各阶级各阶层的汉族人民纷纷起来抗争,其愤怒的情绪,如火山爆发,百姓纷纷抗清,一时间风起云涌。唐王朱聿键政权也颇想有所作为,在仙霞岭一线设防备战,但终因这两个政权的腐朽,内讧不断,而被清军各个击破。在这个过程中,抗清力量的主体是李自成、张献忠农民军的余部和自发起义的广大人民,大顺农民军余部李过、高一功、郝摇旗等与南明何腾蛟、堵胤锡部联合抗清,在湖南等地连获大捷。张献忠牺牲后,大西农民军在李定国等人率领下,与永历政权联合,也接连掀起抗清高潮。其他的一些散状的部队,如山东榆园军、山西吕梁山义军等也在北方等地发起暴动,搞得多尔衮一时手足无措,防不胜防。根据不完全统计,从顺治二年七月起到五年七月止的三年中,关于反清斗争及清兵攻击农民军的记录就达一百二十条左右,而官书未载的小规模斗争更是不计其数。此外,还有明降将金声桓、李成栋、姜镶等人各怀着不同的目的在江西、广东和山西宣告反清,也使多尔衮一时手忙脚乱。

在这个紧要关头,多尔衮再次显示了他的聪明才智,又依据形势的变化,灵活地改变了策略。他以"大兵日久劳苦"为名,把南方人民最恨的他自己的弟弟多铎召回北京,而改派明朝人民喜欢的洪承畴去招抚江南。他要利用洪承畴在南方的汉族地主阶级中的影响,来压制南京、江西、湖南、广州等地区的反抗势力,进一步消灭刚刚在福建建立的几个政权。多尔衮采用怀柔政策,在洪承畴临行之前,人前人后连连称呼他为自己的"心爱之人",鼓励他一定要不辜负众望,用心做事情,并授予他很高的自主权。多尔衮采用的这一套用汉人治汉人的做法,在关键的时候起到了非常实际的作用。洪承畴坐镇南京之后,很快就扭转了清朝军队在江南的被动局面,成功组织了对几个小政权的军事进攻,随后清朝的军队长驱直入福建,最终消灭了隆武政权。就这样,清朝的统治阶级在多尔衮的领导下,在很短的时间内就消灭了南明的大部分势力。

到顺治五年,即 1648 年,除了东南沿海和西南的一些落后地区之外,各地起义由于各种各样的原因先后为清军镇压下去,多尔衮基本完成了他在全国的统治。同时,多尔衮在进军各地的同时,还采取了一系列非常有效的措施,使清王朝从中央到地方的封建政权机构得以进一步的完善和巩固。

在进行统一战争的同时,多尔衮也开动了整个国家机器,力图使其正常运转。在政治体制上,他无法完全采用在关外时期的一套来治理如今这样庞大的国家,而是接受了明皇朝的现成制度,并且任用所有明朝的叛将降臣,因而十分得心应手。在中央机构中,仍以六部为最重要的国家权力机关。到顺治五年,多尔衮于六部实行满汉分任制度,命陈名夏、谢启光等六汉人侍郎任汉尚书。多尔衮一直力图表现得比较开明,总的来说,中央机构中虽然基本承接了明朝的体制,但也保留了某些满族特有的制度。

对于吏治,可以说多尔衮是从不懈怠的。他非常憎恨为非作歹、贪赃枉法的人。只要遇到这样的人,多尔衮一律下令批示革职,并严格审问定罪,最后弄清楚了情况之后,下令将其就地斩首。此外,他还十分重视传统的京察大计,对各级官员严格考核。顺治七年正月,大计全国官员,对谢允复等八百一十六名官员分别加以革职、降调,以防止权力的高度集中所带来的极度腐败。除整顿旧官之外,多尔衮还注意选用新人。他自称:"别的聪明我不能,这知人一事,我也颇用功夫。"所以自从入主北京开始,多尔衮便多次下诏各地征聘"山泽遗贤",凡是真有能力真有本事的人,他不问出身,一律加以重用。此外,在顺治元年十月的登基诏书中,还规定了重开科举的制度,并于顺治三年、四年、六年举行了三次会试,共取进士一千一百人。首科之中,出了四位大学士、八位尚书、十五位侍郎、三位督抚,还有都察院副都御史、通政司使、大理寺卿、内院学士等六位高官,如傅以渐、魏裔介、魏象枢、李霨、冯溥等之后的名臣都是来自多尔衮的考试中,成为新朝统治的骨干力量。

第九章

一片丹心　无人领受

　　至此，多尔衮平定乱世、统一中国的愿望基本上已经初步实现，在短短几年的时间内，多尔衮辅佐顺治、定都北京、改革吏治、收复人心，成功地完成了一件又一件在别人看来犹如登天一般的难事，他离自己的梦想越来越近了。中国，一个逐渐强大的中国，在他的手里大局已定。在此期间，清朝迅速完善各种规章制度，除军事上以八旗制度为其根本之外，其余几乎全部沿袭了明朝的制度设计。多尔衮率大军人关时，一再宣称自己的天下是得自李自成，而不是夺明朝之天下，以凝聚更多的人心。与此异曲同工的是，在顺治三年的时候，他以顺治皇帝的名义作序，将朱元璋的《洪武宝训》颁行天下，直截了当地自认为是明朝的继承人，将与天下共同遵守大明祖训。这是中国历史上改朝换代时从未有过的景象，在很大程度上，起到了凝聚人心的功效。

　　然而，他仍旧时常觉得孤独。越是征战天下，多尔衮就越发感觉到他无所依靠。他辅佐顺治皇帝得到的越多，他就越觉得自己失去了很多。他和大玉儿的感情，虽然因为忙碌的征战而暂时有所压抑，但是一旦安宁的时分来临，他反而更加思念那个他唯一爱过的女人。他想要天天都能看到大玉儿,他期待着像寻常夫妻一样的朝夕相处的生活模式。这个时候的多尔衮,可以说已经是无所不能了,他可以说是得到了天下,然而心里思想里要的最深切的,上苍却偏偏不给,这让他怎么能咽下这口气?于是,他翻阅明朝典籍,深夜时分,一条一条地看下去,心里的想法也一点一点地清晰起来。

这一日清早,摄政王多尔衮来到顺治小皇帝的寝宫。福临还未洗漱,赖在他妈妈怀里玩呢。多尔衮突然感觉到一股无来由的愤怒,他心想:要不是因为你这个小鬼头,现在这无限江山是我的,你的妈妈也是我的。想到这里,多尔衮非常严肃地说:"福临,你该准备上早朝了,怎么还在玩呢?"聪明的小皇帝哪里顾得了那么多,孩子的天性让他以耍赖为乐趣。"不嘛不嘛!我不想去,反正我也弄不明白你们在说什么。我不去了,我要玩!"大玉儿自然是顾着自己的儿子,轻声地对多尔衮说:"你今天这是怎么了?现在天下已经安宁了,你怎么还这么大火气?"多尔衮本来就不高兴,看见他们母子情深的样子,就更是气不打一处来,他上前拉住福临,拽到自己身边,非常严肃地看着他,一个字一个字地从牙缝里挤出这样一句话:"你该长大了!没有人天天陪着你玩!从明天开始,你要按照明朝的传统,离开你的额娘,交由宫中女官、乳母、宫女、太监和师傅们养育辅导,要不,你太不懂规矩!"多尔衮盛怒之下说出这样一个规定,说完之后连看都没看一眼大玉儿的神情,转身就拂袖而去。福临还没弄明白怎么回事儿,只是觉得他的胳膊被多尔衮给拽疼了,十分难受,于是一屁股坐在地上哇哇大哭起来。

屋子里的空气似乎都静止了，大玉儿呆呆地看着多尔衮离去的背影，心里也是酸甜苦辣百味汇聚。她知道多尔衮为什么会做出这个决定，她虽然觉得这个决定对福临来说过于残忍了，但她理解多尔衮，她能体会他心里的苦。为了他们母子二人，多尔衮已经做得够多了。无论是作为女人，还是作为母亲，她都没有理由再多要求什么了。她拉起福临，擦干孩子眼角的泪，看着他的眼睛说："宝贝，你知道吗？你该长大了，摄政王说得没有错，他像你这么大的时候，也逐渐学会长大了。而且他只比你大一点点的时候，就同时失去了额娘和阿玛。你知道，那有多难吗？"福临还沉浸在自己的小小悲伤里，可怜地摇了下头。"从明天开始，你就不能经常像现在这样，和我一起玩了。不过，还会有很多很多很可爱的人和你在一起玩，他们有的会教你学问，有的会教你武功，有的还会专门陪你捉蛐蛐玩呢，福临高兴不高兴？""不高兴！我不高兴！我不要那些人！我就要额娘！"大玉儿一时忍不住，泪水浮上双眼。"你要听话，你不听话，我就不喜欢你了！"

她硬下心肠，把福临推给了宫女们，孩子的哭声浮荡在大玉儿的四周，她只能调动浑身的力量抵抗母爱的泛滥。多尔衮已经为他们付出了这么多，她必须为多尔衮做一些事情了！大玉儿是聪明的女人，她的心里最清楚，谁才是他们母子的贵人。当初，虽然是济尔哈朗首倡的由福临继位，但是没有多尔衮的首肯，是不可能实现的，从某种意义上说，顺治的皇位是多尔衮给他的。当然，这是从做皇太后的角度去考虑问题,如果从做女人的角度去考虑问题,一切就更不用说了。多尔衮所给予她的爱,是她的父亲她的丈夫她的儿子都没有给过她的,多尔衮不仅是她的爱人,更是她一生的恩人。

于是,从那时起,按照大明祖制,皇家子女出生后,不能由亲生母亲抚养,要交由宫中女官、乳母、宫女、太监和师傅们养育辅导。年幼的福临在多尔衮的督促下,只能和母亲分开来自己单独住。多年以后,早已把死后的多尔衮修理得体无完肤的顺治皇帝,仍然充满怨恨地谈到,多尔衮摄政时,自己和皇太后要分别居住在不同的宫室里,经常要几个月才能见上一面,以至于皇太后和他都时时刻刻地彼此牵挂,心里特别难受。顺治皇帝将他的年少阴影归罪于多尔衮,肯定有他的道理。从多尔衮的角度看,将他们母子隔开,固然有皇家制度的因素在,不过,他和孝庄之间的私情可能是更重要的原因。

自从多尔衮在北京立住脚跟之后,他在政治、经济等各方面,又进一步采取了一系列缓和民族矛盾和阶级矛盾的政策,以巩固阵地、扩大战果,比如反对贿赂、打击太监势力、用暂时妥协的方法来平息反抗势力等等方法,这样,大清朝的统治一日比一日更为稳固。入关之后的很长一段时间内,多尔衮接连派他的弟弟多铎、他的哥哥阿济格,还有豪格、济尔哈朗等亲王率领大批满族的贵族,轮流地到各地去出征,以平定叛乱的名义在客观情况上使他们远离了清朝的统治中心,让他们虽然有心,但也无力去干涉国政。在南明政权基本上被消灭之后,这些满族的王公贝勒们相继回到北京,多尔衮为了防止他们积习重现，干涉朝政，妨碍他的改革顺利进行，他又用了种种借口来打击他们的势力。顺治四年二月，多尔衮以济尔哈朗修建的王府超出标准为由，下令罚款他两千两白银，并罢免了他辅政王的名位。其实，这只是表面的理由，其中，有一个真实的隐情。济尔哈朗曾经对一个高级官员巩阿岱谈道："皇子福临继位是件好事，没什么可说的。唯一令人忧虑的是有人想篡位。"显然，这话里针对的人就是多尔衮。这个巩阿岱当时如何表示不得而知。事后，他向多尔衮告了密，导致多尔衮罗织罪名，贬黜了济尔哈朗。毕竟，在这个敏感的时期，这样不利于国家团结的言论是越少越好。

顺治五年二月，豪格平定四川立下大功。返回京城后，不到一个月，本来的结果是豪格立了大功，该重重奖赏的，可是豪格仗着自己是顺治小皇帝的亲哥哥，加之他平常就看多尔衮很不顺眼，这回自己又立了大功，自然是要好好地炫耀一番。于是，这一日，豪格休整完毕特别仰着头，趾高气扬地来找多尔衮。多尔衮一看豪格的架势，就很不喜欢，正巧他有事要出去，于是就连忙说："豪格此番前来，有什么重要事情吗？"

豪格自然是有备而来，毫不客气地说："我来是为了什么，叔叔你还不知道吗？我就是来邀功的呀！我立了这么大的功，你说该给我赏赐点什么吧？"

多尔衮一听豪格这话里有话的劲，就非常生气，于是停下脚步，平静地问他："你的确是立了大功，你想要什么奖赏呀？叔叔给得起的，一定给！"

"此话当真？也是，叔叔说的话什么时候没当过真?！不过我现在要的这个，摄政王你是一定给得起的，我怎么可能要你给不起的东西?"

一句看起来似乎是玩笑的话，让多尔衮背后一阵凉寒，他隐隐约约地觉得，豪格此番前来，是来惹事的。

"那么你但说无妨，想要什么?"多尔衮也挺直了脊背，严肃地问他。豪格带着歹意的笑，凑到多尔衮的耳边，挑衅一样地说："我什么都不要，我就要你的大玉儿!"

"你好大的胆子!"多尔衮拍案而起，怒不可遏。他可以任凭豪格侮辱他，但他绝对不允许豪格侮辱玉儿。"豪格，你太过分了，别怪我这个做叔叔的不客气!"豪格那天也像吃了豹子胆，仗着一点功劳出言不逊。"我过分？我有什么过分的？就只许你占便宜，我连想都不能想呀？她是我阿玛的女人，说来也不是我的亲妈!"多尔衮戎马一生，连续两次与国家的最高统治位置失之交臂，可是他没有一点怨言，只求国家强大，四海安宁。从很小很小的时候开始，他就已经不会把愤怒的情绪流露出来了，可是这一次，豪格实在是激怒了他！他可以容许别人往他的头上泼无名垃圾物，但是绝对不允许任何人伤害他最爱的玉儿！于是，多尔衮在豪格走后，实在是难平心中之火，找来两个很可笑的罪名，其一说他包庇手下的一个中级军官贪冒军功，其二说他提拔重用了一个罪人的弟弟。然后，不由分说地将豪格幽禁起来。就这样，一个月之后，幽禁中的豪格没有任何征兆地死去，那一年，豪格仅仅四十岁。

令多尔衮没有想到的是,仅仅十一岁的小皇帝福临和那位比他大了近三十岁的豪格大哥感情竟然非常的好。小皇帝听说自己喜欢的哥哥豪格打了胜仗,十分兴奋,专门在太和殿设宴慰劳豪格。谁知,为大哥庆功的热乎劲儿还没有过去,就传来豪格的死讯。听到这个噩耗后,福临的反应极度狂乱,几近疯狂,将身边的宫女太监们鞭打得鸡飞狗跳,一片狼藉。这个年少的孩子竟然像鬼上身一样大喊大叫,硬说是多尔衮害死了他的哥哥,照顾他的宫女们拦都拦不住。还是大玉儿亲自出马才平息了这场危机。当时,顺治看到妈妈后,略微平静了些,可是他还是很不服气,嘴里连续嘟囔着:"就是叔叔害死的哥哥,就是叔叔害死的哥哥!"大玉儿面露怒色,拉着福临,堵住他的嘴,生硬地说:"以后这样的话可再也不许说了,你也不想想,摄政王为什么要害死你哥哥呀?"顺治小皇帝瞪大了眼睛,赌气一般推开大玉儿的手,边跑边喊:"你知道为什么,我知道为什么,大家都知道为什么,可是偏偏谁都装作不知道!"

孩子的一句话,也震醒了大玉儿。

那时候,大玉儿虽然已经是皇太后,可是她只有三十几岁的年纪,多尔衮也不到四十岁,正是需要感情依赖感情的时候。大玉儿心里明白,感情是洪流,一旦决堤就是一泻千里,是控制也控制不住的。现在,连她自己那年幼无知的儿子都能对她说出:"你知道为什么,我知道为什么,大家都知

兄弟情深:小福临几近疯狂

道为什么,可是偏偏谁都装作不知道!"这样的话来,可见其他的人在平日里该是怎么想她和多尔衮的。是不是他们真的到了该有所节制的时候呢?

大玉儿一直在思索这样的问题,直到夜深了,多尔衮走进她的房间。

"玉儿,我回来了。"多尔衮带着轻松愉快的声音,本想与她共同享受一个宁静的夜。

"摄政王,你来得正好,我有事情要与你说。"大玉儿极其紧张地从多尔衮的怀抱中挣扎出来,虽然他的力量很大。

多尔衮感觉到大玉儿的语气比以往要严肃很多,一时间还是有些不习惯。不过他仍旧放开了手,说:"玉儿,我们之间还是称呼对方名字好一些吧? 你觉得呢?"大玉儿伸出手,主动拉住多尔衮的手,把他牵到座位上,让他坐下,然后亲自倒了一杯清茶给他,充满感情地说:"多尔衮,你对我的感情,我是记在心里的,我是一辈子都还不完你的情谊了,但是现在,朝中上上下下都在说你我的事情,你觉得这样对福临是不是不太公平?"

"公平? 玉儿,你现在和我谈公平,你不觉得很可笑吗? 当初,我二话没说,将皇位让了出来,我谈论过公平没有? 这么多年来,我为了福临的江山,出生入死,伤痕累累,谁又给过我公平? 现在,眼看天下要安定了,四海要昌明了,我想还给你的儿子一个公平,让他学习管理天下,我想带着你退隐江湖,从此不问政事,你会答应我吗? 如果你能答应我这个要求,我就给你公平! 玉儿,嫁给我吧! 说真的,这么多年来,偷偷摸摸的,我已经够了,我不想再这样继续下去了,就当你给我一个公平。你只要答应我这个条件,我就撒手不管,再也不干涉任何事情了!"情到深处,多尔衮再也无法控制他想要娶大玉儿的愿望了,他自从江山稳固之后一直在计划着退隐江湖,他想要带着自己心爱的女人远离是非,好好地过几天安生日子,这个一点错都没有呀!

然而,大玉儿踌躇了。好半晌才喃喃地说出一句:"不行……不……行的。"然后,逃避一般地将脸转过一旁,多尔衮拉住她低声叫道:"玉儿,不要逃避,看着我,答应我!"大玉儿摇着头痛苦地说道:"不行的,我绝对不能对不起先帝!"

多尔衮正在情绪激动时,连连高声说道:"是先帝对不起你我,咱们有哪一点对不起他?皇太极要是知道珍惜你,对你始终如一,倒也罢了,可是他待你不好,他喜欢海兰珠,冷落你,不顾你的死活,甚至欺负你!玉儿,这么多年了,难道你还不明白吗?只有我一个人,是真心诚意待你好的。我始终爱着你,多少年了,从来没有一天减少过,你难道不明白吗?"多尔衮的话实在是触碰到了大玉儿的痛处。不过,她想了一想,还是坚决地回复道:"不行,我还有儿子,我要为了我的儿子着想。福临,现在已经不只是咱们满洲的帝王了,他现在是天下黎民的皇上,我们在一起,你让天下人怎么样想?"

话已至此,多尔衮纵然再伤心,也没有言语。他只是凄凉地看着大玉儿,眉头纠结成痛苦的"川"字。"玉儿,我已经无话可说。我已经等了你这么多年,等到自己伤痕累累,甚至是白发苍苍了。如今,我本以为凭借着自己的实力,你我之间已经没有任何障碍了。可是,你送走了丈夫,你还有儿子,今后,你还会有孙子。我是什么?我多尔衮到底在你心里算什么?爱,是什么?现在我才明白,爱,什么都不是!"

多尔衮带着自己一地的伤心,踉跄着离去了。那步伐里,居然有英雄迟暮的痕迹。

就这样,多尔衮对大玉儿失望了,对爱情失望了,对自己今后的生活也失望了。他不仅逼死了豪格,还强占了豪格的妻子,有什么了不起?既然没有爱情,怎么样都可以!

公元1648年即大清顺治五年十一月初八那天,冬至。大清入关已经进入第五个年头。顺治皇帝在南郊祭祀时,颁诏大赦天下。诏书是这样写的:叔父摄政王多尔衮这么多年来治理天下,功勋显著,劳苦功高,必须给予特殊的感谢,才能显示他的功德。于是,皇帝亲自下令封摄政王多尔衮为"皇父摄政王"。以前,在"叔父摄政王"前面加一个"皇"字,表示这位叔父是皇帝的叔父。如今,在"摄政王"前面加上"皇父"二字,从字面上理解,自然是表明这位摄政王是皇帝的父亲。这种情形,在中国历史上似乎还从来没有过。大家纷纷猜测,是不是顺治小皇帝发现了什么?难道多尔衮真的是顺治的亲生父亲?

然而,不管真实情形如何,这顶大帽子戴在多尔衮的头上后,至少可以令皇家那忐忑不安的心,变得稍微安宁一些。因为,自占以来,有儿子篡夺父亲皇位的,也有叔叔抢夺侄子皇位的,却很少见到过父亲抢夺儿子皇位这一说。从当时的情形看,这个主意不管是什么人出的,但最终定夺的人,显然应该是孝庄皇太后。大玉儿经过反复思考之后选定了一条中间路线,"皇父摄政王"这样一个称呼,不妨让人做出两种理解:其一,肯定了多尔衮与皇太后事实上的婚姻——夫妻关系,从而,确定了多尔衮"皇父"的地位,大玉儿这么做,是为了还多尔衮的情;其二,若多尔衮与皇太后之间没有事实上的婚姻——夫妻关系,就只能说,多尔衮甘心情愿地为他们母子二人尽心竭力了,大玉儿这么做,是为了堵天下人的嘴。天下的好事情都让这个女人占尽了,可是她到底知道不知道? 多尔衮为了她,实在是受了不少的委屈呀!

天下安定之后,多尔衮的弟弟多铎不止一次地劝说多尔衮,要他废了福临,自己称帝。公正一点说,天下是多尔衮靠谋略和本事打下来的,凭借他现在的实力和威望,称帝一事易如反掌。多尔衮不是没有想过要自己做皇上,特别是在向大玉儿求婚遭到挫折之后,他就更加想膨胀自己的权力,做一回真正的天下主宰者。但是,每次一想到这里,大玉儿那流满泪水的脸就会出现在他的脑海里,他犹豫着,犹豫着,一直犹豫了好多年。谁说英雄不重情谊? 谁说男子汉没有柔肠? 就为了大玉儿的高兴,多尔衮一直做着摄政王,直到他离开人世的那一天。这难道不是他对感情的最好诠释吗?究竟是什么样的爱情可以让一个人放弃皇位长达这么久?而又究竟是出于一种什么样的责任感能够让多尔衮甘心情愿地做一个皇位的守护者和皇权的捍卫者呢?

顺治小皇帝福临长大后,性情格外的偏执、凶悍,形成了

严重的分裂型人格,而且,最让人搞不懂的是,他居然和自己
母亲孝庄皇太后的关系也恶化到几乎无法弥补的程度。从
一般心理学规律判断,这种情形,必定和他童年与少年时期
的成长经历密切相关。而多尔衮和孝庄皇太后的关系,可能
使他受到过极大的刺激。这应该是他切齿痛恨多尔衮的最
重要原因。而且,随着年龄越来越大,他懂得的政事也越来
越多,福临日益感受到了多尔衮庞大权势的威压。福临在北
京第二次登基后,便颁布诏书,认为多尔衮的功德与辅佐周
成王的周公比较起来,有过之而无不及。因此,加封多尔衮
为"叔父摄政王",命令为他立碑以纪念这些功德。福临还封
另一位辅政王济尔哈朗为"信义辅政王",从此,济尔哈朗不
但在实际上,而且在名位上也正式退居到了多尔衮之下许
多。又隔了一年之后,陕西道监察御史赵开心上疏,认为"称
号必须正名"。叔父摄政王是皇帝的叔父,只有皇帝可以这
样称呼,若大家都这样叫,就没有了上下尊卑之别。因此,应
该在"叔父摄政王"前面加一个"皇"字,以便让天下臣民知
道,此"叔父"非彼"叔父"也。于是,帝国政府机器又紧急开
动,规定从今而后,一切形诸文字时,都必须称"皇叔父摄政
王",在一切仪注礼节上,皇叔父摄政王都只比皇帝略少一点
点,而远高于其他王公大臣。

顺治四年底,接替济尔哈朗为辅政王的多铎,率领王公
大臣们上奏皇帝和皇叔父摄政王,说是考虑到皇叔父摄政王
劳苦功高、日理万机且患有风疾,为了不使他过于劳累而影
响国家大政,像跪拜这类小事应该免去。从此,在皇帝面前,

多尔衮"跪拜永行停止"。也就是说，从此之后，顺治皇帝再也不能要求多尔衮为他行跪拜之礼了。不久，据说为了避免皇叔父摄政王每天上朝过于劳累，文武百官陆续开始到摄政王府去面请裁决政务。就此，多尔衮的府邸成了国家权力的中枢机构之所在。这样的一个要求，乍一看实在是有损皇帝的尊严，其实仔细想想，也并非不可理解。在二十多年的戎马生涯中，多尔衮鞍马劳顿，终日奔波，指挥并亲自参与的大战无数，身体上的伤痛自然是很多的。而且多年来，他的感情生活一直没有办法得以圆满，也是心理的暗伤之所在。从实际情况判断，在百战归来的多尔衮心里，他确实没有必要也没有可能将顺治小皇帝太放在眼里。而且，凭借着他对大玉儿的爱，他对这位小皇帝的要求越严厉，越能锻炼出他以后执掌江山的能力，因此，在对待顺治小皇帝的教育问题上，多尔衮从来都丝毫也不假以辞色。多尔衮他舍出自己，在铁马金戈的江湖中，在血肉横飞的风云变幻中以自身的血肉之躯缔造大清帝国，为的就是让那乳臭未干的小毛头和他的母亲，也是多尔衮所爱的女人能够安享平安和宁静。假如不是为了国家的利益，不是为了那位他深爱的孝庄皇太后，多尔衮也许早就放弃了权力的争夺，寻一方安静之所在，好好地过几天安生日子了。

　　而在多尔衮的内心深处，他那埋藏了多年的极深的隐痛和愤懑并没有随着功成名就、位隆权重而消退。他对皇太极的恩怨纠葛，对豪格的切齿痛恨，两次与皇位失之交臂的遗憾，对孝庄皇太后的情意，对国家所肩负的责任，对大清帝国毋庸置疑的丰功伟绩，一切的一切无不交相出没，啃噬着他的灵魂。他的心中，怎么可能不充满了焦虑和愤恨不平呢？他的思想里，怎么可能不凝聚着对顺治对孝庄皇太后高度复杂的矛盾情绪呢？

说多尔衮不尊重顺治是可能的，毕竟他们是两代人，多尔衮是长辈，而且是辅佐了顺治打出天下的叔叔，要说尊敬，也应该是顺治小皇帝格外地尊敬多尔衮才是。但是说多尔衮想要造反，则是太大的冤枉。如果他想要造反，想要自己当皇上，还不是捏死一只苍蝇那么简单的事情?！相反，多尔衮还在许多场合坚定维护着小皇帝的尊严。有一次，济尔哈朗等人商议，要将对摄政王的礼仪提高到诸王之上。多尔衮说："在皇上面前不敢违礼，其他可以像你们商量的那样办。"第二天上朝时，诸王公大臣们在朝门口跪着迎接多尔衮，多尔衮马上命令调头回去，并责问他们为什么要这么做。他当时非常严肃地说："我不是皇帝，没有必要跪拜我，你们要跪拜的，只有顺治皇帝一人。"史料中，不止一次记载着多尔衮"待皇帝长大后，就要归政给皇帝"的谈话。可以看得出来，多尔衮并不在乎这个皇帝的位置，他只在乎江山的稳定。他坚决地认为，只要顺治皇帝长大了，可以让大家放心了，他自然是会归还权力的，他本来也没把这件事情看成自己的私有财产。

有一次，多尔衮召集王公大臣开会，对他们说："现在大家只知道取媚于我，很少尊敬皇上。我岂能容忍这样？当年，皇太极死时，大家跪着请我继大位，我誓死不从，遂推举了现在的皇上。那个时候，我尚且不肯做这样的事情，今天难道能够容忍你们不敬皇上而来给我拍马屁吗？从今以后，凡是忠于皇上的，我就会爱他用他，否则，虽然给我献媚，好像是为了我好，但是我也绝不宽恕。"当初，在皇太极死后，多尔衮能为了天下的安宁和他心爱的女人的愿望，拱手将江山送给这个小孩子，他就从来没有想过有一天要拿回来，那样的做法不是君子所为，英雄的多尔衮是不屑为之的。顺治皇帝凭着自己的小小猜忌，以小人之心度君子之腹，这样的做法实在是令人胆寒。

事实上，多尔衮不仅拼尽了全力为顺治打江山，就是在顺治小皇帝的受教育问题上，他也从来没有含糊过。为了不违背孩子的真实想法，在对于顺治小皇帝的教育问题上，多尔衮一直主张采取顺其自然的办法。顺治还在关外，没到北京之前，多尔衮就给五岁的顺治小皇帝请了五个师傅，其中有三个满人，两个汉人，五个优秀的人才一起对顺治小皇帝进行教育，他心里是这样想的，既然我不能拿主意，那就顺着小孩的便吧，小孩爱学什么学什么，多尔衮心疼顺治小皇帝年幼丧父之痛，再联想到自己早年时期的悲惨经历，他将全部的爱都投注在了小皇帝身上，这样的举动，不是英雄所为吗？

入关以后，他为了让顺治适应飞快发展变化的形势，又继续对顺治小皇帝进行教育，又派了新的师傅。结果，小皇上反而很不满意。顺治皇帝在成人以后，经常埋怨多尔衮，说："我的叔叔摄政王，就怕我学习好，不给我派师傅，天天让我玩儿。"其实根本就不是那么回事。你想一想,顺治小皇帝的父亲,临终的遗言是什么?不能放弃满人的传统,一定要学会骑马射箭。满洲的帝王,别说是帝王,就是一般的贝勒,哪一个不是骁勇善战,武功高强的?不能不会骑射,不能忘记祖宗的教诲,这是作为满人最基本的传统。然而,顺治皇帝很不理解,既而产生了强烈的排斥心理。他非常不满意多尔衮对其教育的做法,一直怀恨在心,寻找机会报复。

顺治对多尔衮的恨达到了非常无理的程度,简直是丧失了理智。有一年,北京城流行天花,这是一种当时看来非常可怕的瘟疫。很多人因此而丧命,一旦感染上,就谁也没有办法医治。可以说,那时候的人面对着天花,只能是束手无策。当时多尔衮可急坏了,刚刚听说这件事,就二话不说冲进宫中,把小皇上抢出来,带着七八十个人,策马狂奔,不眠不休地一直跑到关外,他知道,那儿冷,那儿没有天花。他就带着小皇帝离开了京城,小皇上也不知道实际情况,非常害怕,这么几岁小孩,让马给夹着,他不害怕才怪。过了十多年后,多尔衮都死了好些年了,顺治在回忆起那年的情景还恨恨地说:"什么人啊,几十个人就把我带走了,沿途之上,到处都是土匪,我吃吃不上,喝喝不好,也没人保卫我,策马狂奔,这不是要杀我是什么?他简直就是居心叵测,当时就想置我于死地!""欲加之罪,何患无辞",顺治的这番话,实在让人心寒。

就在顺治憋着劲儿想翻身置多尔衮于死地的时候,善良大度的多尔衮却已经产生了及早归政的想法。他累了,他不想再继续重复这样的生活了。于是，在 1649 年年初，多尔衮已经做出了归政的决定。对于多尔衮来说，这种归政的决定，是非常惨痛的，自己再也不是摄政王，只是一个旗的旗主，这一个旗，还有半个旗是他的哥哥阿济格的，自己只有半个旗，原来一人之下，万人之上，这一人其实还是个摆设，自己的辉煌不在了，自己怎么有脸面去见众多的大臣？可是即便是这样，他也想让顺治自己做主了。从小的经历告诉他，被人压制被人胁迫的滋味有多么难受，他不想让自己最爱的女人的孩子再次经历他的痛苦，然而上天，连这个机会也没给他。他还有那么多的心愿没有实现，却意外地接触到了死亡。

顺治七年十一月，也就是 1649 年秋天，多尔衮患病。那时，他因为实在待得太苦，找不到生活的乐趣，借出猎想要好好放松一下。没想到，由于心情不好，在行猎的时候，一不小心坠马跌伤，医治不得要领，一个小病就打倒了这个纵横江湖的英雄。他离开人世的时候，享年只有 39 岁。

政治舞台的幕后，往往隐藏的是鲜血淋漓的残杀。我们万万没想到的是，以权力争夺为中心内容的宫廷矛盾，沉寂数年之后，又以多尔衮之死为突破口，犹如火山一样爆发出来。

第十章

生命中的最后一年

　　1650 年,是多尔衮生命中的最后一年。他在这一年,干了许多被后人看来是有损名誉甚至是荒唐的事情。在这一年,他几乎日日纵情于声色犬马,烟抽得比以前更重了,打猎的次数比以前更多了,需要的美女人数也比以前更增长了,在这一年,他几乎与政权管理脱钩了。有人说,这才是多尔衮的本性,他本来就是一个纵情于吃喝玩乐的人。可我却认为,这个纵横天下的英雄,隐隐感觉到了生命的危机。我们应该有能力相信:一个能预知战争成败的英雄,同样能预知自己的死亡。

　　公元 1650 年,即大清顺治七年,是多尔衮生命的最后一年。他在这一年中,虽然身体不适,不能常常出没在宫中,但是内心深处却非常思念顺治小皇帝。常年的辛苦征战让多尔衮伤痕累累,根据历史记载,他是有暗疾的。在 1640 年的松锦战役中,多尔衮受了伤,当时他觉得自己的身体底子好,没有怎么仔细地医治,然后很快地又再次上战场。在之后的将近十年的岁月中,多尔衮一直都在忙碌,不是运筹帷幄于千里之外,就是浴血奋战在硝烟弥漫的疆场。随着大清朝迁都到北京,他的事情一天比一天多,根本没有时间好好休息养病。这个小小的暗疾,渐渐地,日积月累的,就变成了隐患。最后,达到了无法医治的程度。

在生命的弥留之际,我们的英雄,做了些什么?

多尔衮的烟瘾比以前更重了。他在年轻的时候就酷嗜烟草,每日烟袋不离口。今天的人们可别小看了这个嗜好。烟草是在大明万历年间传入我国的,时间并不长。当时,人们认为烟草可以"辟瘴气",用通俗的话说就是可以驱除一些不良的气息,因为是外来货,所以卖得非常贵。在当时的东北地区,一斤烟草的价格和一匹马相等,和野生的人参差不多了。因此,不是富贵人家肯定是吸不起这玩意儿的,那是一种很高档很奢侈的嗜好。多尔衮酷爱抽烟,他在思考问题的时候来一袋,在想念大玉儿的时候也来一袋,在夜深人静睡不着想起他妈妈的时候,再来一袋……自古以来,男人爱吸烟,已经成为忧郁与沉默的象征。胸中有块垒,通过这样的方式来消散。只是,多尔衮本来身体就不好,烟,对于他来说,也是毒物,只能暂时缓解伤痛而已,日积月累,便成了要人命的病。

多尔衮一生都酷爱狩猎,他热爱动物,饲养了三千多只各种名犬,还有不知数目的良马与猎鹰。当时,一位外国传教士目睹过多尔衮出猎时的壮观景象。在他的笔下,多尔衮一次出动的大型猎鹰就有一千多只。这是一种多么壮观的景象,满洲第一俊男,率领着自己饲养的凶猛的动物,驰骋在无垠的旷野上。这一幕,将永恒定格在我们心里,成为勇敢男人的象征。

多尔衮自从向大玉儿求婚受阻之后,内心一直不平静。他无法控制地想到,自己这一生的失败。他几乎等了她一辈子,可是到最后,到生命弥留时分,这个女人,这个已经失去了丈夫的女人,又拿出年幼的儿子做理由,拒绝了他。多尔衮忽然觉得,自己无比孤独。越是勇敢的人,越害怕孤独。他害怕自己在生命的最后瞬间,没有人陪伴。所以,他选择了无比极端的做法,不分质量地广招女人。在那时,他除了强占豪格的妻子之外,还在生命的最后一年命令朝鲜国王为自己选朝鲜美女侍候。

当时,摄政王威名远播,民间也在广为流传多尔衮和大玉儿之间的暧昧情事。朝鲜的姑娘们心下里的想法也不一:有人非常愿意来到中国,与勇敢的摄政王为伴;有的人也害怕异国他乡的艰难,迟迟不敢表态。结果,国王好不容易在和王室有关系的女孩子里,挑选出一位,千里迢迢地送了过来。多尔衮听到这个消息之后,命令送亲的队伍一定要加快速度,赶快送来。哥哥的这个反常表现让弟弟多铎很不理解。

深夜,多铎来到多尔衮的寝宫,看见哥哥正斜倚着床榻,脸上露出难得一见的憔悴神色。"哥哥,我听说,你逼迫朝鲜为你挑选美女送进北京城,有这件事吗?"多尔衮连眼皮都没抬,低声回复道:"有啊,怎么? 你认为有何不可吗?"多铎知道事情大有蹊跷,上前一步,扶住哥哥的手臂说:"哥,我知道玉儿姐姐拒绝了你,你心里难受,但是你切不可这么糟蹋自己的名声啊! 咱们现在跟以前不一样了,不是你教我的吗? 咱们满人在关外的时候,怎么做怎么闹都可以,那是咱们的风气。可是现在进了北京城,当了全中国的家了,就不能再把那一套拿出来了呀!"多尔衮平静地睁开眼睛,看着自己最亲的弟弟,他照顾了一辈子、呵护了一辈子的弟弟。他忽然间觉得放心了,"多铎,你终于长大了,万一哥哥有个什么三长两短,也就放心了。你能这样想这个问题,我很高兴。""哥哥,你怎么了? 你怎么会有什么不测? 现在天下都是你的,你为什么会说这样的话? 难道又有什么新的情况发生了吗?"多铎还是有些沉不住气的,连连问道。"多铎,我没什么事,你回吧,我累了。很多事情我已经想明白了,你放心,我现在在做什么我自己知道。你就好好保重自己吧,好吗?"多尔衮深深地看着多铎,仿佛在说临终遗言一般。

多铎怀着沉重的不理解离开了多尔衮的寝宫。他想,哥哥一定是太累了,需要好好休息,他觉得,多尔衮一定会想明白朝鲜美女的事情,不需要他为此多担心,他甚至还想过,其实哥哥向朝鲜要几个美女这种小事情本无可厚非,现在天下都是多尔衮的,要什么没有呀! 要什么不应该啊! 他实在是多虑了。多尔衮看着多铎离去的身影,疲倦地闭上了双眼。他真的累了,心里累,身体也累了。一向行事鲁莽不在乎他人看法的多铎现在已经学会了注意他人的眼光,他长大了,做哥哥的他也可以放心地离开了。他三十多年来如一日地照顾弟弟,特别是在父亲母亲相继离开之后,他拿多铎当自己的儿子一样培育,终于走到了今天。

什么名望、身后的评价?对于那时的多尔衮来说,已经不重要了。担当身前事,何计身后名?作为一个男人,他完成了所有人的期待。他的父亲努尔哈赤没有做到的事情,他做到了;他的兄长皇太极没有完成的愿望,他完成了。从今以后,他的子子孙孙将躺在他的功劳上,享受荣华富贵,他不求感激,甚至不在乎后人会怎么评价他。因为到现在他终于明白了,那些事情那些评价那些人的看法,对他来说,真的不重要,反正已经听不到了。在他父亲离开的时候,没有给他留下一句话,在他母亲被迫殉葬的时候,没有留下一声哭叫。原来是真的,人,死了就什么也听不到了。要不,这么多年,父母为什么到现在还没有听到他的倾诉,他的孤独,为什么没有让他得到他最想要的,那种平静的生活和被爱的幸福!

这么多年来,他一直在付出,从来没有想到过要索取什么。现在他必须要一个女人守在他身边,为他送行,他必须要一个。几天之后,朝鲜送来的美女已经到山海关了,多尔衮挣扎着起身,以自己打猎为名,亲自出山海关前去迎接。对于他来说,这是无比庄严的一个仪式。他想过,如果这个女孩子长得像玉儿,或者性情脾气有一点像她就好,他就会用他的后半生好好对待她,和她在一起,远离是是非非,安宁

177

地在避暑山庄生活。他已经没有多少年华多少精力可以浪费了，他实在是需要为自己好好考虑一下了。

多尔衮在宁远以东的连山地方，接到了朝鲜送来的新娘子。多尔衮像个孩子一样，迫不及待地掀开车帘一看，那一眼，让他非常失望。也许是因为经过了太长时间的长途跋山涉水，女孩子面容困顿、憔悴，毫无生机，而且目光呆滞，一看就不是个聪明的女孩子。离多尔衮想象的花容月貌、妩媚水灵差太多了。这怎么能和他第一眼看见大玉儿的时候相比呢？那时候，他也是跟着父亲去关外接的玉儿，玉儿也是旅途劳顿，但是为什么那第一眼见到的，就是真正的美女呢？多尔衮恼火至极，当场便毫无风度地把朝鲜送亲使者痛斥了一顿："公主不美，侍女丑陋，足见你们国家没有诚意。"这样的女子，怎么可能放在身边陪他度过后半生呢？据说，至此后朝鲜国王只好再次下令在全国范围内征选美女。后来，终于选出若干。结果，在送往北京的半路上，就接到了多尔衮的死讯。

多尔衮是彻底失望了。他拿着自己前半生的所有所得，想赌这后半辈子的幸福，还是失败了。面对着蓝天，仰望着头顶的雄鹰，这一回，多尔衮是真的在突然间衰老了。他的面目显现出前所未有的疲惫和沧桑，这个男人，这个在血与火的考验中都没有败下阵来的男人，在岁月面前，终于，认命了。

几乎在同时，顺治皇帝对多尔衮对他的教育，产生了强

烈的逆反心理。由于母亲大玉儿长期不断的教诲,顺治皇帝
在小小的年纪就已经学会了要韬光养晦,他在别人看来完全
是一个没有出息的只知道整日玩耍的野小子,对多尔衮更是
满心的感激和恭敬,从不显示出任何违逆的表情。这个年纪
轻轻的孩子,一直在演戏,和他的母亲在演戏,和多尔衮在演
戏,和他的老师们在演戏,甚至和他自己也在演戏。就这样,
在多尔衮的身体状况大不如前的时候,顺治皇帝内心的仇恨
却在与日俱增。

　　危机与矛盾让懵懂无知的顺治小皇帝心智过早地成熟
了,他心里的压力也越来越重。自从到了北京城之后,他从
未体会到老天爷的丝毫恩赐,却时刻都在多尔衮的监视下提
心吊胆地生活。亲王贵族们的戏谑和冷眼,母亲的期望,还
有在大家的强迫下他娶的那个他并不爱的妻子,这一切的一
切,都让他真切地感受到了人世间的痛苦和冷酷。为了生
存,他也付出了高昂的代价。由于他长期处于两种矛盾的心
理当中,他一方面感激多尔衮帮他赢得了江山,一方面又因
为恐惧和猜忌,仇恨多尔衮。平日的生活里,他要用外表的
贪玩嬉戏、无所事事来掩盖内心的仇恨和算计,另一方面,他
又要以高傲的面孔去压抑住内心的软弱和胆怯,所以他变得
喜怒无常,非常神经质。他听说多尔衮平日里身体不适的时
候,内心深处既有一丝担心,又有一丝高兴。他很想去看看
多尔衮,但一直踌躇着没有去。他怕他一不小心流露出开心
的神情,让多尔衮给瞧了去。

多尔衮生病的时候，顺治皇帝并没有什么亲密的表示，这让做叔叔的很不开心。在极度痛苦的时分，多尔衮卧床不起，难免发些牢骚。"我得了这么严重的病，身体很不好受，皇上虽然是百姓之主，九五之尊，难道就不能把我当作一个平凡的家人，过来看看我吗？如果说皇上小不懂事，身边的人呢？干什么去了？非得等到我死了，才有人来问一声吗？"自从大玉儿明确表示不能嫁给多尔衮之后，多尔衮就没再去看过她。都不是小孩子了，既然已有选择，且自己过自己的日子吧。多尔衮的话传到了大玉儿耳朵里，她连忙指示福临，让他在第一时间内去看多尔衮。福临本来就不高兴，也不太敢去看多尔衮。一听妈妈这么一指示，联想到人家传的多尔衮和他妈妈之间的种种，心下里一团怒火，不过也只能压抑着不爆发，赶忙来看多尔衮。

多尔衮牢骚刚刚发完，就看到顺治皇帝走进门，他一时间也有点不好意思。连忙挣扎着起身，居然下地行了跪拜之礼。"皇帝，您怎么可以出宫来看我呢？天下这么多事情，都要您亲自费心呢！"顺治皇帝好久没有接受过多尔衮的跪拜了，手足无措起来。连忙上前扶起多尔衮，认真说道："皇父摄政王身体不适，做晚辈的早就应该看望，已经来晚了，您不要介意才好！"那一次，应该是两人之间最后一次亲密交流了。多尔衮的心里有很多很多话想告诉福临，不再是以一个皇父摄政王的地位，只是以一个平凡人家的长辈的位置告诉他。于是，多尔衮屏退了房间内其他的人，只留福临一个人在身旁。

"福临,你知道你为什么叫这个名字吗?"多尔衮问,福临摇头。

"这个名字,是当时你额娘给你取的,那时,你的阿玛因为宠爱其他妃子,所以经常忽视你额娘的存在。正巧这个时候,你来到这个世界上。你额娘觉得你就是她所有的福气,福气终于降临到了她身上。福临,你现在已经不小了,你应该能明白你身上寄托着多少期望吧?"

多尔衮的话让福临听着很不舒服,他一直怀疑多尔衮和他母亲之间的关系,对这样的事情非常敏感。"皇父摄政王费心了,我当然知道额娘对我的期望。"福临脸冷了一下,轻声地说。多尔衮由于身体不适,并没在意福临的表情。他继续敞开心扉地说:"福临,现在天下已经是你的了,可是翻阅历史书籍,不难看出,自古以来,打江山容易、守江山难。这个江山,你的父兄们帮你打下了,以后就看你怎么守住了。"性情乖戾的福临从来不敢在多尔衮面前流露出自己的野心,总是小心翼翼地藏着。"福临心里十分感激皇父摄政王打下的一片江山,有您在,江山一定会守得很牢固的。"

多尔衮近距离地看着福临,感慨万千。他的心里有百分的怜爱、万分的担心。他知道这个被他选定的孩子,未必比同年龄的孩子幸福,他知道福临身上的重担。这片大好河山是他一点一点为福临积攒下来的,他真想再多看几眼。另外,他若真的走了,这个孩子能不能担当重任? 也是他心里最大的担忧。不过,他相信他的玉儿,从他们第一次见面开始,他就知道,福临的母亲不是一般的女人,她能够承担重任,帮助福临坐稳江山,振兴大清。他相信大玉儿,正如他相信他自己。一想到要离开玉儿,多尔衮竟然情不自禁地在福临面前流下热泪。福临从来没见过多尔衮如此脆弱,一时间也僵在原地,手足无措。凭他的敏感,他或多或少地意识到了多尔衮的衰老,他隐隐地觉得,自己的机会马上就要来了。

多尔衮自幼体弱多病,早年又命运多舛,心理上的伤痛一直没有平复。定都北京后,他的身体状况一直是时好时坏的,令人担忧。1649 年秋天,多尔衮患的那场病非常蹊跷,本是一件小事情,却牵一发而动全身。多尔衮骑马的时候从马上栽了下来,膝盖磕了一下,擦破了皮,出了些血,多尔衮当时心想这也不是什么大事情,一把土往出血处一按,暂时止血就成了。满洲人流行一个做法,认为大地是万能的,多尔衮心想,这土壤里面的盐分就可以消毒了。同时,多尔衮还看到一些石灰。虽然石灰这个东西,劲儿比较大,但是多尔衮心想自己反正也不怕那点疼,忍忍就好了,于是,他把石灰和土掺和在一起,他就给自己的膝盖抹了抹,当作治疗了。多尔衮作为男人,在这方面可不是细心的人,周围又没有一个爱他的女人陪伴他,结果多尔衮认为这个伤口抹了这些就可以了,没想到的是,结果病没好,病情越来越重。

顺治七年(1650)二月,多尔衮强烈地感觉到身体不适,一种如阴霾一样的对于死的恐惧再次占领了他的心房。当时他的心里只有一个非常强烈的念头,他绝对不能死在北京城内,他要回到他的草原,死在那一片广阔的蓝天之下。另外,他的心里还有一份隐忧,自从和玉儿不联系了之后,他对她的思念反而更深切了。如果不能死在玉儿的怀里,他也宁愿不要让玉儿看到他生命的弥留时分。他宁愿,在玉儿的记忆里,他始终是坚强的强壮的无所不能的。于是,他在心情极度烦躁的时候,率领诸王贝勒及八旗官兵出外打猎,一边散心解闷,一边远离让他伤心的北京城。晚上七时左右,骑兵们将一只老虎赶入他们的包围中,多尔衮连射未中,突然感觉到膝盖处一阵剧痛,浑身都没了力气。就这样,他从马上跌落下来,面色无比苍白,诸王大臣们也是十分恐惧,连忙将他抬入附近的避暑山庄,途中,多尔衮望着头顶渐渐黑下来的天,他的双眼也渐渐地合上了。

就这样,一代枭雄和他的父亲努尔哈赤、他的兄长皇太极一样,还没来得及对后事做任何安排,就魂归苍天了。可叹的是,多尔衮与大玉儿结缘定情,要从多尔衮从老虎身下成功救起大玉儿那天算起,而多尔衮离开人世的那一瞬间,他依然是想射死一只老虎。历史,在这里安排了一次如此奇妙的巧合,巧合到让人心酸的程度!静静地倒在那么辽阔那么宁静那么远离困惑的大草原上,多尔衮看见天空中有几只矫健的苍鹰飞过。他想起那一次,他从老虎口中夺回了大玉儿的命,那时大玉儿的剪水双瞳,充满着盈盈浅笑,他醉在那样的笑容里,一醉就是这么多年。他想起无数次与大玉儿的幽会,深情款款的笑容,他们的身体如同被点燃了一般炽热地燃烧。他想起多少次出征前,大玉儿总是远远地看着他,即使她不在他的视线里,他仍然能够感觉到她目光的温度。他想起他和大玉儿密谋让福临即位时,大玉儿脸上忽然闪现的兴奋之情。这一个又一个瞬间,串起了一个英雄一生的爱情宿命。多尔衮,作为一名当之无愧的英雄,他终于走完了这一段辛酸的爱的旅程,离开,也许真是最圆满的归宿。高天上的雄鹰会把他的期待带回到大玉儿的身边,千万年后的历史会记得他,他相信后人一定会理解他,理解一个永世不没的爱情传奇。

多尔衮猝死的消息传到北京,仿佛平地炸雷,晴天霹雳一般,举国震惊。不论是在王府还是在宫中,不论是多尔衮的亲人还是仇敌,所有的人在那一时间,都惶恐得不知所措。一向平静深沉的大玉儿在接到这个消息后的第一反应是大摇其头,冲出门去,对传消息的人大打出手,连声说:"你怎么可以这么说?你知道不知道,我准备拿国法治你!"发泄完了之后,她目光在一瞬间就变得十分呆滞,然后昏厥过去。待她幽幽醒转后,气若游丝地宣布:"传我的话,一定要福临以顺治皇帝的名义发出诏命,全国臣民都要换上素服,全国上下共同为皇父摄政王服丧!"

几日之后,多尔衮的灵柩回到京城,顺治皇帝率领诸王贝勒和文武百官,全部身穿素服,整齐地站在东直门外迎接。顺治皇帝亲自祭奠,他扶着多尔衮的灵柩车失声痛哭,亲自下跪，久久不能直立。跪在旁边的文武百官也不禁涕泪长流，有的人号啕大哭，有的人唏嘘感慨。灵柩车从东直门进来后缓慢地向西行进，北京城内的老百姓自发地来送多尔衮最后一程。沿途跪拜的人如山一样连绵起伏，哭泣的声音也如波涛一般此伏彼起，连绵不断，场景十分壮观。

那一天，顺治皇帝哭得十分伤心。对于多尔衮的猝死，年仅13岁的福临是真心觉得悲痛的。他忽然明白了早些日子他去看多尔衮的时候，皇父摄政王拉着他的手说的那些掏心掏肺的话，他忽然明白了那一天多尔衮的眼睛里为什么会有泪。不管多尔衮生前是如何的专权，毕竟，他的皇位是多尔衮让给他的，是多尔衮当年主持扶立他为皇帝，才有了他的今天。近几年来，更是如此，内外大事全靠多尔衮帮他操劳，才有了现在的太平盛世。现在多尔衮突然故去，对于从未自己亲自处理过政事的顺治皇帝来说，无疑是一个巨大的打击，仿佛推倒了一座在他面前牢不可破的墙。墙倒了，可以信任可以依赖的人没有了，他很不习惯，很空虚，甚至很害怕。顺治皇帝向全国发出哀诏，极尽煽情之能事，大意是这样写的：当初，我的父亲突然离开人世的时候，很多人支持皇父摄政王多尔衮即位，论才华论能事论威望，多尔衮做这个继承人也是最为合适的。但是当初，皇父摄政王坚决地拒绝了这个提议，并且顶着压力拥戴我做皇帝。这么多年来，他一直在竭尽所能地扶持我。向外平定中原，统一天下，向内政治清明，理顺朝纲。皇父摄政王多尔衮崇高的品德和伟大的功绩,综观千古,再也找不到第二个可以与之相提并论的人了。

多尔衮戎马一生,离开人世的时候只有39岁。他的灵柩被运回北京后,顺治帝追尊他为"义皇帝",庙号"成宗"。多尔衮的葬礼依照皇帝的规格举行,埋葬在北京东直门外。当时,可谓备极哀荣。

之后发生的一连串让人匪夷所思的事情让我们又不得不感慨政治的残酷。此后发生的事情,足以令我们后来人目瞪口呆、眼花缭乱。首先,议政王大臣会议集体讨论多尔衮的亲哥哥,也就是英亲王阿济格的罪行。最后,确定他在多尔衮死后,意图发动政变,将其幽禁。随后,这个凶猛而粗野的战将在狱中藏刀、纵火、闹事,终被处死。

顺治八年正月十二日,也就是在多尔衮死后的一个月零三天,顺治皇帝福临在太和殿举行亲政大典,接掌帝国军政大权。这一天,他距离满十三周岁还差十八天。这一天正是吉日,天气晴朗,微风和煦。满汉文公武将们一早就簇拥着幼主出了紫禁城,来到天坛祭祖。顺治皇帝坐在华丽的椅子上,脸上的笑容像阳光一样灿烂。山呼万岁,震天动地,他终于等到这一天了,多尔衮用他的永远离开成就了他的这一天。积压了多年的愤怒如山洪一般爆发,顺治皇帝隐约地想,该是他报仇的时候了。

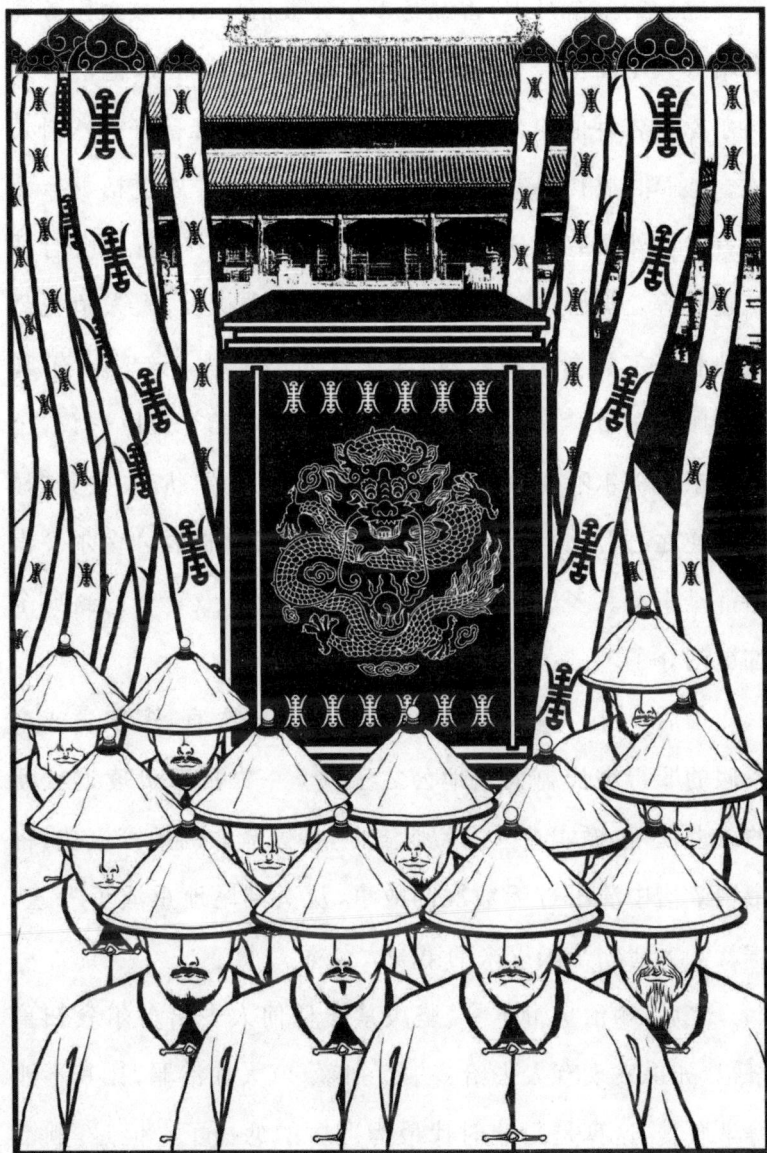

备极哀荣:英雄的一生就这样结束了

　　之后的一个月内,曾经是多尔衮最信任的议政大臣苏克萨哈等人出面控告多尔衮。内容是:多尔衮死后,他的侍女吴尔库尼告诉他的亲信人员,要将王爷生前准备好的八卦黄袍、大东珠、黑狐褂等皇帝才能穿用的服饰等放进棺材。意思就是显然是有谋逆的心,早就想要篡权,只等着机会合适就造反等。随后,多尔衮身边的人们跟进揭发,人人争先恐后地和多尔衮划清界限,场面简直惨不忍睹。这时只有 13 岁的顺治皇帝,第一次亲理朝政。他召集王爷大臣密议,公布郑亲王济尔哈朗等的奏折,历数多尔衮的罪状,主要是"显有悖逆之心"。少年天子福临向诸位王爷宣告说:"多尔衮谋逆都是事实。"多尔衮被撤去帝号,他的母亲及妻子的封典全都被削夺了。

　　最后,议定将多尔衮的家产人口抄没入官,多尔衮或真或假的罪行被长篇大论地公之于世。一大批官员凌迟处死的凌迟处死,撤职查办的撤职查办,抄家流放的抄家流放,将帝国政治中演出过无数次的故事,从头到尾地重演了一遍,铸就了大清朝开国以来的第一大冤案。

　　之后,顺治皇帝下令,坚决禁止任何人去给多尔衮扫墓祭祀,如果发现有人去给多尔衮扫墓,就大加治罪,让其不能得享血食,这算是封建时代最为严厉的惩罚了。但是,顺治做得最过分的事情莫过于掘墓鞭尸了,这种做法是古人的一种流传久远的迷信,认为可以使死人不能转世投胎,没有来生。丧失了正常心性的顺治皇帝率领一队人马来到多尔衮的陵墓前,他站在高处命令侍卫开掘陵墓。随着他一挥手——开棺!几个侍卫迅速上前掘开了多尔衮的墓,多尔衮的尸体被拉出了灵柩之外,放在了光天化日之下。让我们更无法设想的是,顺治皇帝走了过来,从侍卫手中夺过一根棍棒,往多尔衮的头部狠狠地打,转眼间多尔衮的头就被他打成了烂泥。顺治皇帝还拿过来鞭子抽打多尔衮的尸体,即使是这样,他似乎还不解恨,顺治皇帝下令让侍卫砍掉了多尔衮的头,暴尸示众,然后把多尔衮那华丽的陵墓用一把火给烧了。

此后百多年间无人敢论及多尔衮,多尔衮所亲信的大臣,活下来的都是叛徒,剩下的都随着多尔衮殉葬去了。转眼之间,多尔衮多年精心培养的势力,土崩瓦解。从这儿我们也可以看出,多尔衮这个人没有私心,如果有私心的话,不应该是这样的下场。而他的所作所为,顺治小皇帝年轻的时候如此痛下杀手,到了他的后代乾隆皇帝的时候,乾隆皇帝终于清楚,经过一番精心的考证,乾隆皇帝终于在 1778 年为多尔衮正式平反昭雪,修复坟茔,复其封号——睿亲王多尔衮,追谥曰忠,补入玉牒。皇家的那个家谱,叫作"玉牒"。如此这个翻来覆去的案子,最终盖棺论定。

人活着的时候,即使有扭转乾坤的能力,死了之后也不过只是一堆尘土而已。在顺治皇帝近乎疯狂的宣泄之中,我们的孝庄皇太后,多尔衮心爱的大玉儿,始终保持着沉默。尽管她内心不忍,时常在夜深人静的时候哭泣,但是她的目光却非常冷静非常坚定。多年的宫廷生涯,早已经将她磨炼成了一名成熟而出色的女政治家。多尔衮的离去带走了她的爱情，毕竟，她还有江山。她还要替多尔衮守住这片江山。

多尔衮的一生是传奇一般的一生，是英雄的一生。在多尔衮的一生中，充满的就是江山和美人，在江山和美人之间，多尔衮似乎什么都得到了。但是，在江山与美人之间，最终的结果我们可以看到多尔衮似乎什么都失去了。现在，我们的头顶上悬挂着皎皎明月，就像一双明亮的眼睛，穿越时光的隧道，我们注视着多尔衮，感慨着这一步之遥却有千里之差的皇权，一步之遥而又天涯海角的爱情。可当美人爱上了大清江山，爱上了亲生之子，爱情便虚化为了一个符号，一张令牌。饮不尽的苦酒，看不穿的美人，挣不脱的爱情宿命。现在，我们只能希望，泉下有知的多尔衮，终于结束了一生的奔忙，终于看穿了爱情，最终获得了安宁。